蒋玉良微小说自选集

戗 殇

蒋玉良 ◎ 著

中国海洋大学出版社
CHINA OCEAN UNIVERSITY PRESS

·青岛·

图书在版编目（CIP）数据

戟之殇：蒋玉良微小说自选集 / 蒋玉良著. — 青岛：中国海洋大学出版社，2023.1
ISBN 978-7-5670-3329-0

Ⅰ.①戟… Ⅱ.①蒋… Ⅲ.①小小说—小说集—中国—当代 Ⅳ.①I247.82

中国版本图书馆CIP数据核字(2022)第213330号

JI ZHI SHANG——JIANG YULIANG WEIXIAOSHUO ZIXUANJI

戟之殇——蒋玉良微小说自选集

出版发行	中国海洋大学出版社
社　　址	青岛市香港东路23号
邮政编码	266071
出 版 人	刘文菁
网　　址	http://pub.ouc.edu.cn
电子信箱	1922305382@qq.com
订购电话	0532-82032573（传真）
责任编辑	曾科文　陈　琦　　电　话　0898-31563611
印　　制	北京建宏印刷有限公司
版　　次	2023年1月第1版
印　　次	2023年1月第1次印刷
成品尺寸	170 mm × 240 mm
印　　张	17.75
字　　数	223千
印　　数	1—1500
定　　价	88.00元

发现印装质量问题，请致电13391562765调换。

序：蒋玉良和他的微小说

王平中

欣闻文友蒋玉良要出版微小说集了，感到很高兴，并由衷地祝贺。

蒋玉良是四川旺苍人，我认识他纯粹是以文会友。2015年，我还在四川安岳广播电视台工作。一天，文友蒋东旭打电话问我是否有空，旺苍有个叫蒋玉良的文友想见我。蒋玉良？我迅速启动大脑内存系统，搜索这个名字。十秒或二十秒，也许更久后，我对东旭说，貌似没有这样一个文友哦。东旭说，他就在资阳作协QQ群里，笔名叫一湾浅蓝。一湾浅蓝？印象中是有这么一个人，经常在群里发言，还以为是资阳某文友的化名呢。

天下文友一家亲。我们晚上便约了几个文友，吃火锅，喝白酒。玉良很是洒脱，大家敬他酒，他来者不拒，一饮而尽。文人相见，自然是要谈文学的。边喝酒边谈文学，其乐无穷也。我问他主要创作何种文体，他说创作诗歌、散文。我问他喜欢闪小说不？他睁大眼睛，有些茫然地望着我。我说就是六百字内的小说。他"哦"了一声，不再言语。我知道他还没有接触过闪小说。那时，我和程

思良等文友正在全国不遗余力地推广闪小说这种新文体，正准备成立中国闪小说学会四川分会，劝他试试创作闪小说。他问如何创作闪小说。我说，程思良会长对闪小说有精辟的归纳，就是要做到"微型、新颖、巧妙、精粹"。然后，我张开"三寸不烂之舌"，大谈特谈闪小说如何谋篇布局，如何反转，如何留白，很是"好为人师"了一次。玉良说试试看。那晚他喝了不少酒，酒后话多起来，说这话时已口齿不清，反复承诺，但我知道他不是说的酒话，因为我看到他眼里有了亮光，心是真的动了。

果然，玉良这一试，便一发不可收。从2015年12月5日在《三江都市报》发表第一篇闪小说《诱贼》后，短短几年时间里，他便有百余篇闪小说、小小说在《小小说月刊》、《天池小小说》、《微型小说月报》、《中国中学生报》、《语文报》、《华西都市报》、《劳动时报》、《中华日报》（泰国）、《明州时报》（美国）等中外报刊发表，三十多篇作品被收入新版部编中小学阅读教材或国内外选刊选本，二十多篇闪小说、小小说在全国、省级征文中获奖。他先后加入广元市作家协会、四川省小小说学会、中国微型小说学会、中国寓言文学研究会闪小说专委会，积极协助中国寓言文学研究会闪小说专委会四川工作委员会工作，历任四川闪小说工作委员会理事、副秘书长、副会长，多次担任四川闪小说工作委员会组织的小小说、闪小说征文比赛评委，为四川闪小说发展做出了贡献。

玉良的微小说集题材广泛，涉及古今中外，从自选集中分成的《传奇林》《尘烟漫》《在人间》《热血魂》《世有相》《域外风》六辑的辑名便可见一斑。他的小说作品我先前大多数读过，尤其喜欢他的传奇、志怪、乡愁、大爱四类作品。

一是传奇色彩浓厚。也许同他的人生经历有关。他师范毕业后执教于一所学校，后来辞职闯荡江湖，四海漂泊，历经生活艰辛。于是，他对人世间的不平寄望于侠义，借古喻今，内涵深远。《戟之殇》以一柄方天画戟之眼，见证威震四海的主人为了神兵利器、赤兔宝马、倾城美女，两杀义父，因而身败名裂，最后被绞杀于城楼。而跟随主人叱咤风云的神兵利器也流落荒草，将成为一位老农的农具。前面的情节显然出自《三国演义》"三姓家奴"吕布的事迹，结尾却体现出如何选择命运的宏大主题，正如老农所说："有时看着可以自己选择，但其实都不是，每个人都是被现实选择着，你是，他也是。正如我和我手中的这把锄头，现实早已安排好了我们各自的样子。"这个故事新编有了新的寓意。无独有偶，玉良在《宝剑》中讲述了另一个故事：铸剑师铸造了两把宝剑，一把送给了文官，另一把送给了武官。结果跟随武官屡建奇功的宝剑失落战场成为一块废铁，跟随文官的宝剑一生无为，但作为陪葬品在若干年后成为价值连城的文物。同样是宝剑，命运却截然不同，富有哲理。

二是作品诡秘怪异。他汲取了中国四大志怪小说《封神演义》《搜神传》《聊斋志异》《山海经》的艺术营养，又有所创新，揭露社会矛盾，表达人民意愿。《水鬼》中张三作为水鬼"替身"，需要找个新的"替身"才能投生转世，想不到找到的是自己日夜牵挂的儿子。于是，他幡然醒悟，放弃了"鬼性"之恶，不再找"替身"，还了一方安宁。《放排的汉子》中忠叔被恶浪吞噬，成为"水鬼"，当"我"在水中遇险时，却化作一条鱼将"我"托

出水面，体现出"鬼性"之善，殊途同归。

三是有着浓浓的乡愁。《甜甜的拐枣》中胡师傅为了让小小的"我"乖乖地理发，将自己的"工钱"拐枣给"我"吃，体现出胡师傅对"我"质朴无私的爱，深情地表达了"我"对胡师傅的深深眷恋。《远去的赊刀人》中赊刀人把刀赊给贫困的乡亲们，几十年过去了，乡亲们还记着没有给刀钱。赊刀人的信任和乡亲们的诚信跃然纸上。《蛇王》中老乌和赖生同是抓蛇，本质却有着天壤之别，一个是为了治病救人，一个是为了卖钱。老乌说得好：蛇并不是我家的，而是大家的。我们只有与自然和谐共生，生活才会更美好。

四是大爱无疆。这类作品有对祖国无比崇高的爱。在《换防》中，新中国成立后，共产党部队去边境换防，得知四年前三十多个国民党士兵来到这里，如今只剩下了十七人，还依然坚守在祖国的边境上，让人敬意油然而生。此文获得2020年"方川杯"世界华语闪小说征文二等奖，并作为第19届中国微型小说年度奖入围作品，真是实至名归。有纯洁的友情之爱。《老王头和他的五个老婆》标题很吸引人——老王头和他的五个老婆有着怎样的故事呢？原来，"以前一起在敌占区假扮过夫妻执行任务，是亲密战友"。也有对亲人无私的爱。在《干粮》中，奶奶带着蒸馍到生产队干活，午餐时，父亲看到奶奶拿到比自己大的馍去一旁吃，"他咽着口水悄悄地走了过去，靠近奶奶时却看得很分明：奶奶手里拿的哪是什么蒸馍，分明是一团沾满面疙瘩的旧毛巾！"伟大的母爱让人感动。玉良深知，爱祖国、爱人民、爱亲人，是创作的源泉、永恒的主题。

玉良的作品语言精练，富有诗意；构思奇特，可读性强；立意深刻，让人深思；真正做到了"微型、新颖、巧妙、精粹"，在此不一一赘言。总之，玉良的微小说集值得一读。

是为序。

王平中 中国电视艺术家协会会员，中国微型小说学会会员，中国寓言文学研究会会员，中国寓言文学研究会闪小说专委会副主任，四川省作家协会第八届全委会委员，四川省小小说学会副会长，四川省微电影艺术协会副会长。发表以小小说、闪小说为主的文学作品700余篇次，出版长篇小说4部、文学作品集6部，有200余篇（部）文学、电影、电视作品获国家、省、市级奖励。

目录

第一辑 传奇林

戟之殇 …………………… 3
将军箭 …………………… 7
问 鼎 …………………… 9
颐园巷的旗 ……………… 12
煮熟的鸭子 ……………… 14
石人记 …………………… 17
蚕 谍 …………………… 21
剑 客 …………………… 25
宝 剑 …………………… 28
血馒头 …………………… 30
孝廉郭纯 ………………… 32
王燧当官 ………………… 34
天 鼓 …………………… 38
大山铺的传说 …………… 40
蛇 王 …………………… 43
中元节的故事 …………… 46

清 明 …………………… 46
疑 冢 …………………… 48

第二辑 尘烟漫

往事1983 ………………… 53
水 鬼 …………………… 57
远去的赊刀人 …………… 59
五朵云 …………………… 63
放排的汉子 ……………… 67
老虎的屁股 ……………… 69
跳不跳 …………………… 71
半 黄 …………………… 73
谎 言 …………………… 75
那年端午 ………………… 76
局外人 …………………… 78
盛 宴 …………………… 81
老 牛 …………………… 83

有鲜花的爱情 …………85	干　粮 ……………………138
和一条蛇对视 …………88	父亲的轮胎草鞋 ………140
妈妈的数学 ……………90	让我看看你，我的孩子 …142
被囚禁的人 ……………92	一根白发 ………………144
牙疼不是病 ……………94	爷爷和小花的那些往事 …146
十八岁的江湖 …………98	娘的鱼骨 ………………148
卑微者 …………………100	奶奶的传奇 ……………150
长贵家的大黑狗 ………102	我家的第一杆秤 ………152
你还好吗 ………………104	丢了绳的牛 ……………154
心　魔 …………………106	短命鬼二舅 ……………156
冬　至 …………………108	哭　嫁 …………………158
有偿陪聊 ………………109	短　信 …………………160
酸辣粉 …………………111	哄 ………………………161
热凉面 …………………113	想起母亲 ………………162
喝果酒的年轻人 ………115	你曾给我过去 …………163
一只彩色小狗 …………117	母亲失眠 ………………166
王富卖豆 ………………119	回　家 …………………168
真正的热爱 ……………121	无法说出的孤独 ………171

第三辑　在人间

第四辑　热血魂

最好的玩具 ……………125	拯救英雄 ………………175
甜甜的拐枣 ……………127	父亲的怨恨 ……………179
你欠我的 ………………130	换　防 …………………181
元宵节 …………………132	逃　亡 …………………183
春　节 …………………134	对　望 …………………185
给妈算笔账 ……………136	蓝眼泪 …………………187

自由花…………………189
大地魂…………………193
英　雄…………………195
老王头和他的五个"老婆"
　　　…………………197
你是谁…………………199

第五辑　世有相

卖肉世家………………203
被丢掉的珍宝…………205
一双白净的手…………207
那个扫楼梯的男人……209
埋葬自己………………213
扶不扶…………………215
为孩子多挣点…………217
灯　光…………………219
神秘的背包……………222
爱情花园………………225
同　学…………………228
托辅生小龙……………231
贫穷与富有……………233
泼………………………235

干爹保佑………………236
专业哭丧………………238
鳕鱼的眼睛……………239
木　匠…………………241
封顶大吉………………243
出　息…………………245
309病室 ………………247
做个发财人……………249
界　桩…………………251
大　师…………………253
赏花记…………………255
怯懦者…………………257
寻　宝…………………259
隔着玻璃………………261

第六辑　域外风

爱在一瞬间……………265
井　事…………………267
举起手来………………269

后　记…………………271

第一辑 传奇林

戟之殇

精钢为锋，坚铁为刃，长一丈二尺，重一百四十二斤，柘木柄描金绘彩。"好一杆方天画戟，真是神兵利器啊！"刺史捧在手中，如此赞叹。那年，刺史出任并州，北征河内，得异铁一块，花巨资请高人精心打造，于是，我横空出世。

初见他时，他正是一位二十七八岁的青年，说："我被仇人追杀，不得不逃离家乡，四处流浪。"

他虽然一身风尘，却神色坚毅，英气逼人，无半分颓废沮丧。

刺史很觉惊异，心想："眼下朝廷奸臣当道，民不聊生，天下已乱。此子颇为不俗，也许可以大用。"

于是，刺史说："若你为我所用，我可帮你复仇，你愿意吗？"

他叩头下拜："当然愿意，为表忠心，我愿意拜大人为义父！"

刺史大喜，将我推举于前，说："此是我耗费心血所得神兵利器，今赠予你，必会助你成功。"

他郑重接过，携我而去，数日回见刺史说："果是神兵利器，只一合便刺杀仇人！"

从此，我时刻相伴于他。他倚我纵横天下，我凭他威震四海。

太师挟天子独霸朝堂，群臣敢怒不敢言，唯有刺史挺身而

出，领兵挑战。太师也派出兵马相斗。

　　他从刺史身后闪出，将我擎于双手。我被他双臂舞动，只觉他快如疾风，力有千斤，顿时神威大展。寒光闪动，敌将纷纷落马，太师大败而逃。

　　深夜，太师派人找到他，带来一包金子和一匹好马。他本来对金子毫不动心，但他舍不得那匹马。那是一匹赤兔宝马，威武神俊，正是所有战将的最爱。

　　来人说："将军掌中有如此神兵，胯下再有如此宝马，天下谁再是你的敌手？"

　　这人的话彻底捏住了他的心。当晚，他提着刺史的头跪在了太师面前，改拜太师为父，为太师所驱。

　　天下人对太师暴虐专权已不满到了极致，十八路诸侯仗义而来，歃血为盟，讨伐太师。

　　他来了，胯下赤兔宝马，掌中方天画戟，锋刃到处，头断肢残，血流成河。十八路诸侯土崩瓦解，溃不成军。

　　他与我俱威名震天下，人见之无不心寒胆裂，避犹不及。

　　他遇到了那位女子。女子美艳倾城，风情万种，眼波流转处，他的心都融化了。女子敬他是当世无双的英雄，愿将终身托付，一生陪伴于他。他自然求之不得，将女子视为挚爱，誓要终生守护。

　　功成名就，又得中意爱人，他觉得人生美好无比。

　　但美好从来转瞬即逝，仿佛暗夜里的流星。一日，他出京办事，女子撞见了太师，被太师带走。

　　有人说这是一个阴谋，也有人替他鸣不平，说太师欺人太甚。但他实在太爱她，没有了她，他觉得自己坠进了无边的黑暗。

　　他愤怒了，纵马回京，杀死了太师。戟刃嵌进太师肥硕的身躯，我闻到了太师身上的那股腐臭味。

　　太师的尸体灰飞烟灭，其营造的权力殿堂也轰然倒塌。烟尘弥漫处，各路兵马混战一起，都想让自己填补太师死后的权力真空。

他有些厌倦，想退出这场纷争，但为时已晚。混战各方反而将他视为眼中钉肉中刺，欲除之而后快。他虽然勇武难挡，但敌不过全天下人的剿杀，一次次溃败，窜逃。

他不再是那个耀眼的英雄，身上的神勇荡然无存，沮丧而又绝望。也许这才是本来的他吧！

终于，他被敌人擒住，绞死于城楼上。那匹赤兔马也奔向了一位大胡子武将。

关于我的结局，不乏各种猜测。有人说我是神兵，当初他倚我纵横天下，如果有人得到我，一定也可以纵横天下。有人说我是不祥之物，他就是因我而丧命，应该毁了我。也有人说我不过就是一件普通的兵器，起不了什么大作用。群雄忙于逐鹿，无暇再理会我。

其实，我当时于纷乱中纵下城墙，跌落在城下的荒草中。我大失所望，心灰意冷，只想这样静静地隐于草丛中，走向死亡。

一把曾叱咤时代的神兵，流落于历史的角落，除了与寂寞为伴，又能怎样呢？又有谁知我殇？

城墙愈来愈破，终至城倒墙塌，荒草愈来愈深，连最后一段残垣也都湮没其中。

我静静地隐身于草丛中，渐渐地，岁月蚀掉我的锋芒，关于他的记忆似乎也一点点地淡了下去。

直到后来，一位老农扛着锄头从此地经过。当他于无意间发现我时，大感惊异，细细打量并询问我的来历。

我一边回忆一边向老农讲述，漫不经心地，仿佛是讲一个跟我毫不相关的故事。

老农听完，微笑着说："没想到你竟然有如此不平凡的经历，你很失望成为现在的样子吗？"

第一辑 传奇林

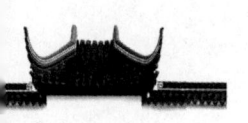

我说:"我曾经失望过,但现在已经不失望了。他不是真正的英雄,当他依附于别人时,就有用武之地,但无人可依时,他就什么也做不了,他从来没有过真正的自己,所以才有这样的结局。"

老农说:"那个人因你而兴,也因你而亡,你如今流落于荒草之中,又何尝不是同样的结局呢?"

我争辩道:"那可不一样,我无法自己选择,他却可以自己选择。如果当初他不拜刺史为父,如果后来他不拜太师为父……"

老农说:"怎么选择?有时看着可以自己选择,但其实都不是,每个人都是被现实选择着,你是,他也是。正如我和我手中的这把锄头,现实早已安排好了我们各自的样子。"

我听不懂他说的话,一时不知道怎么回他。他说:"我们相识也是有缘,你跟我走吧!"

我诧异地问:"跟你走?你也要用我征伐天下吗?可我的心已经死了。"

老农哈哈大笑:"征伐天下?是的,我也在征伐天下,不过用的是它。"

他扬了扬手中的锄头:"你不想重获生机吗?"

将军箭

黄沙满天,残阳如血。边城,肃杀阵阵。

敌国铁骑犯边,大军压境。将军横刀立马,战士列阵以待,欲与国门共存。

鼓声催,刀剑鸣。战士努力向前,冲击、拼杀,直斩来犯之敌,热血挥洒,一时双方死伤惨重。

怎奈敌人太多,寡不敌众。日暮,将军身边的战士已经所剩无多,且无不伤痕累累。将军的大刀,也杀得满是缺口,无法再战。

国门安危,千钧一系。

敌酋笑:你还凭啥来与我战?

将军怒,弃刀勒马,左手取弓,右手抽箭。

——将军还有箭!

将军本是射箭高手,百步穿杨,例无虚发,只是混战时敌我混杂,弓箭无法发挥作用。现在敌人占据优势,敌我分明,正可让弓箭发出最大威力。

箭在弦上,将军拉弦,弯弓,声响处,敌酋落马。敌人骇然,纷纷溃逃。

国门由是平安。

战士莫不景仰,俱向将军跪拜,大呼:将军箭!将军箭!

将军率军回城,所到之处,人群俱向将军跪拜,大呼:将军箭!将军箭!

从此，边城但有将军在，敌国无人敢犯。

千年以后，将军已成为神。

嘶哑的小儿啼哭声，撕裂黑沉沉的夜。幽灵面色狰狞，目光狡黠，凶狠、贪婪，肆意地撕扯着孩子小小的躯体。

将军赶忙取出弓箭。将军箭出手，那幽灵竟然毫不畏惧，不闪不躲，箭至，无声无息，如掉进深渊里。

将军箭再出手，亦是如此。幽灵向将军蔑然而笑，将军顿觉无力，长叹一声。他已记不得，这是他第几次失败了！

野外，石碑前，一对夫妇哭泣：立了将军箭又有何用，还是不能辟邪救我孩子！

石碑后，将军泪流满面，只是，他的泪，那对夫妇看不见。

问 鼎

更元十四年，秦惠文王薨，武王即位。

一日，武王对群臣说："听说太庙铸有九鼎，代表天下九州。寡人想亲自前去洛阳太庙观鼎。"

群臣纷纷进谏："不可！洛阳是天子之地，无天子召见不可擅往；太庙是帝王家庙，诸侯不允许入内；九州龙文赤鼎，更是社稷象征，天子传国之宝，更是不允许诸侯睥睨窥觎。否则，天子震怒，诸侯讨伐，秦国大祸临头了！自有社稷而来，还没有哪个诸侯敢产生这样的想法。"

武王只得不再提起此事，他一面改革内政，让国家富强，一面征伐小国，扩大力量。秦国的实力逐渐增强。

但武王依然念念不忘那个一直埋藏在心底的想法——入太庙，观龙鼎。

武王三年，左丞相领上将军甘茂率秦军伐韩，攻打宜阳。甘茂强攻宜阳五个月，在武王的全力支持下，占领了宜阳，并设置三川郡，从此打开了秦军东出的大门，一时诸侯震动。

第二年，武王带领任鄙、孟贲一班勇士到宜阳巡视，然后直入洛阳。

周天子派使者到郊外迎接，武王不理，径直去了太庙。

在太庙，武王果然见到了那九个大鼎，一字排列，极为壮观。原来这九个大鼎是大禹王时，天下九州所进的贡金，被铸成九个大鼎，载本州山川人物及贡赋田土之数，足耳俱有龙纹，

又称九龙神鼎。夏传于商，商传于周，周将之运到洛邑。

武王看到其中一鼎，上刻一"雍"字，就问守鼎人："这就是我们大秦的鼎吗？我要把它带回大秦去。"

守鼎人说："这个鼎有千斤之重，搬不动的。"

武王问："从来没有人搬动吗？"

守鼎人说："从来没有人搬动过。"

武王沉思了一会，问身边的人："你们能不能举起这个鼎呢？"

任鄙说："这个鼎重千斤，我的力气只有百斤，举不起。"

武王问孟贲："你也举不起吗？"

孟贲回答："我试一试吧！"

孟贲抓住鼎耳，使尽全身力气，"嘿"的一声，那鼎竟被他抓离地面半尺，然后重重地砸在了地面。再看孟贲，双目尽赤，眼珠突出，这一下显然用力过猛。

武王笑着说："你也就只能举到这个样子，看寡人的。"

任鄙急忙说："大王不可！您是一国之君，不可亲自犯险！"

武王勃然大怒，呵斥任鄙："寡人千里迢迢来到洛阳，所为何事？难道你不希望我们能举起这鼎吗？"

任鄙不敢再说。

武王大步向前，走到鼎前，两手从鼎耳间穿过，再抓牢大鼎，一挺腰，喝声"起"，那鼎像附着在了他的手臂上一样，被他带离地面三尺，他再次大喝一声，那鼎就再升高两尺，到了他齐肩的位置。武王向前迈出右脚，打算带着鼎走出几步，这时意外发生了，只见那鼎从手上脱落了下来。原来武王力已用尽，双手已不堪鼎重。

那鼎从武王手上落下来，正好砸在了武王的右脚上，只听到一阵骨头碎裂的声音，殷红的血从鼎下淌了出来，染红了鼎下的地面。

武王已经昏死了过去，左右急忙掀开大鼎，把武王救了出来，送进太庙的一间屋子里。当晚武王就死了。

武王意外死于太庙，周天子大惊，急忙准备寿棺，并亲往视殓，放下天子尊贵哭吊。任鄙、孟贲等人护送武王灵柩连夜回往秦国。

武王在太庙举鼎而亡的消息像风一样地传遍了诸侯国。韩王长出一口恶气，失去宜阳之仇终于得报了。魏王则暗自庆幸，当初没有跟随武王一起。楚王放下心来，从此高枕无忧。齐王、赵王则哂笑不止，对群臣说，这就是私入太庙妄动龙鼎的下场。诸侯们议论纷纷，那个勇武好战的秦武王居然就这样死了，简直是窝囊至极，滑天下之大稽，也太愚蠢太可笑了！

三天后，昭襄王继位，当晚，孟贲星夜来见。

十天后，孟贲被斩，罪名是怂恿武王举鼎而致武王薨。被斩时，他脸上带着满足的微笑，因为他已经把武王临终时的遗言带给了昭襄王："寡人入洛阳，窥周室，进太庙，问龙鼎，早已抱必死之心，此行无悔。想我大秦，地处西陲雍州偏凉之地，多被中原诸国轻视，若不示之勇武，如何震慑其心。他日扫平六国，一统四海，必是我大秦，此乃寡人之愿也！"

此后，秦国勇武之风愈盛。八十六年后，秦始皇灭掉最后一个诸侯国齐国，建立了大一统的秦朝，结束了周朝八百年的分裂混乱局面。

第一辑 传奇林

颐园巷的旗

夕阳从狭窄的天空飞过，颐园巷便布满了幽暗。布满幽暗的颐园巷，更加狭长，静谧。

巷子其实很短，但他觉得很长，老是走不到尽头。这当然只是他自己的感觉，别人是感觉不到的。

已经开始弥散着暮色了，一切更暗，巷里的人影朦胧，两边的墙砖模糊，看起来很不清楚。只有那面旗。

那面旗是从檐下横挑出来的，三角形，黄色的旗面镶着一道黑色的边。

他的记忆是清楚的，一直都是。

那是长安的一个街头，他和着一袭白色长裙的她来到这里，在这个从檐下横挑着一面旗的酒店，他饮酒，她作诗。

她的文才名满长安，但她却只为他作诗。他记得自己最喜欢的那句："叶下洞庭初，思君万里余。"

他静静地握住她的手凝视她，看着她鹅颈桃腮，美目流盼。他任她吐气如兰，用银铃般的声音敲击着他的心。

巷子里装满了往事，暮色似乎变得淡了些，摇曳的人影清晰了起来。

那是一个穿着白色长裙的女人。他快步上前大叫道："婉儿，你是我的婉儿！"

女人被惊吓得尖叫一声，骂道："哪来的疯子？谁是你的婉儿！"

女子心有余悸，赶紧逃离，很快地在巷子里消失了。

暮色又浓了起来，他叹一口气。

他清楚地记得，自搬进这里后，他便爱上了这幽巷古宅，做下如此的记述：大唐文明元年，婉儿赴静州看望贤哥哥，他们曾缱绻于这幽幽的颐园巷。

他对人说："知道吗，婉儿，上官婉儿，是住过这颐园巷的。"

但没有人相信他，说："没有史实考证，你这是臆造。"

他不争辩，看了看暮色中的那面旗，对自己说："我坚信。"

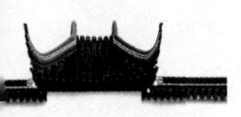

煮熟的鸭子

　　华小耳端着盘子走出来的时候，随口说了一句："煮熟的鸭子飞了。"

　　他之所以想到这么一句，是因为盘子里端着的，正好是一只鸭子，一只煮熟了的鸭子。

　　他之所以说了这么一句，是因为面对一只煮熟的鸭子，会自然而然地联想起了老祖宗的这句话。

　　没错，老祖宗是说过这句话。任何人看见鸭子，或许都会想到这一句，更何况是一只煮熟了的鸭子。

　　这是一只香喷喷的鸭子，是被华小耳煮熟准备晚餐时吃的。

　　华小耳放下盘子转身的时候，特意又转过头去看了一眼。他倒不是担心这只鸭子真的会飞了。虽然他相信老祖宗说的向来不会有错，但若就此相信一只煮熟的鸭子真的会飞了，他还是不信。

　　华小耳的意思，晚饭还得去准备些别的。鸭子再好，若只有这么一只鸭子，也太没劲了。

　　让华小耳始料未及的是，当他端着一盘酱猪肉再走出来时，却没有看到先前放的那盘鸭子。

　　盘子还在，鸭子却不见了。

　　华小耳想，鸭子会去了哪里呢？他找遍了桌子底下，没有；再找遍屋子里的旮旮旯旯，还是没有。偌大的一只鸭子，说没就没了。

莫非，这只煮熟的鸭子真的飞了不成？

华小耳当然不信，从来没有这么怪异的事。如果说一只活鸭子飞了，他信。但一只煮熟了的鸭子，打死他也不相信会真的飞了。

华小耳最初也不当回事，虽然很是心疼了一阵，但还是想，丢了就丢了吧，说到底也就只是一只鸭子而已。

但严重的后果还是来了，华小耳煮熟的鸭子飞了的消息不胫而走。

这个消息不可避免地传到了鸭场里。虽然鸭子们也知道人类的这句俗语，但它们的老祖宗还从来没有给它们讲述过，历史上曾有哪一只煮熟的鸭子真的飞了的故事。对这句俗语，它们大多认为，这一定是哪个无聊人瞎编的一个针对鸭子的笑话，或者是人类为了实现某种目的而编造的一句欺骗鸭子们的谎言。

以至于这个消息传来的时候，它们一致根本不当回事，满眼不屑地仍旧在鸭场里悠闲地踱着鸭步。

后来消息传得多了，它们也不过将信将疑。

怕就怕在鸭子们信了这个消息。有鸭子就这样想："煮熟的鸭子都能飞，那我们没有煮熟的鸭子为什么不能飞呢？"

它把这个想法跟别的鸭子说了，别的鸭子一想确实是这么个理儿。于是，鸭场里的鸭子们集体骚动起来。

终于，在某个夜里，鸭场里的所有鸭子全都飞了。

华小耳措手不及，他完全没有考虑到这样的后果。鸭子们一直乖乖的，撵都撵不走，却因为一句老祖宗的俗语而全部飞走。

华小耳本想哭一场，但嚎了两声，却发现干号着没意思，也就作罢。

更严重的后果来了。不久，酱猪肉、卤牛肉、烤羊肉们纷

第一辑 传奇林

纷向华小耳提出，要离开华小耳。华小耳还想挽留它们，可它们问华小耳："煮熟的鸭子都能飞，我们为什么不能离开？"

华小耳无可奈何，他虽然很肉疼，但知道无法挽回，也只好眼睁睁地看着它们一个一个地离开。

再后来，华小耳身边的一切差不多走了个干干净净。

一无所有的华小耳整天无所事事，要么坐在屋子里发呆，要么倒在床上蒙头大睡，就这样浑浑噩噩地过着日子。

直到有一天，华小耳在床上躺得饿极了，想要到外屋来找些吃的时。

外屋的桌子上，赫然放着一盘鸭子，一盘煮熟了的鸭子。

华小耳疑惑不已，这盘鸭子是从哪里来的？

他左看右看，觉得眼熟，于是也就想了起来。桌子上的这盘鸭子，不正是前一阵子从这张桌子上飞走的那盘煮熟了的鸭子吗？

煮熟的鸭子失而复得，华小耳却急于想知道这鸭子到底经历了什么。是鸭子飞走玩了几天后觉得不好玩就自己回来了，还是有谁偷了鸭子觉得不好吃又还回来了？他想来想去，终不得要领，于是也就不想。鸭子已经回来了，无论怎么想，似乎都没有什么意义了。

华小耳本来还有一些小小的惊喜，但只是在心里颤了一下，就再也没有喜的感觉了。煮熟的这只鸭子虽然失而复得了，但鸭场里的那些鸭子们，还有那些酱猪肉、卤牛肉、烤羊肉们，可能再也不会回来了。

华小耳先哭着骂一句："妈的，这成什么事儿？"

又笑着骂一句："妈的，这成什么事儿？"

石人记

本来我跟石人，是没有什么交集的，以前不认识，偶尔听说过而已。

我闲了写些文章，写山，写水，写人间，但从没想过要写石人。

石人大概也从没想过要出现在我的文章里。他立在那里，看山，看水，看人间，但从来没有想到要跟我有什么瓜葛。

把我跟石人搅在一起的是华先生。这天华先生来找我，对我说："你写石人吧！"

我看着他问："为啥要写石人？"

华先生有些气急败坏："石人又出来害人了！"

我奇怪地问："石人咋害人了呢？"

华先生仿佛很无奈："赵家湾的赵二狗，知道吗？怎么治都不好。"

然后又仿佛很得意："我最后发现是石人在作祟害人。"

华先生的话我竟然有些信了。我给自己找了一个理由：这是华先生说的，自然错不了。但对于要不要写石人，我很犹豫。石人作祟害人，现在也只是华先生说说，将来也会在人群中流传，但都只是口口相传，属于传言之类。一旦进入我的文章，形成文字，那则坐实了罪名，再也洗不掉了。

然而我不能拒绝华先生。华先生也给我治过病，得罪不起，拒绝的话说不出口，只能答应。华先生见我答应，心满意足地

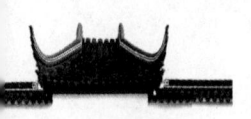

走了。

接下来我却有得麻烦了。石人作祟害人，害张三害李四，害赵二狗，害孙大牛，害得随性，但那是石人。石人是石人，我是我，我们本质不同。我要坐实石人的罪名，却随性不得，一定要求得石人作祟害人的真相，不能捏造事实。要是歪曲事实而误导了人们，我岂非也是一个害人精？

所以，在动笔之前，须作一些必要的准备，比如，先去采访一下石人。

我打听了石人的确切地址。很好打听的，除了我，知道石人的人很多。那座山，那片岩，那条小路旁，就是石人所在的地址了。石人不是人，只是一块石头，条形的。不过奇怪的是，他不是横放的，而是竖立的，顶端突出一块，极像了一个站立着的人，因此才被叫作石人。那突出的一块，无疑就是人头了。

见到石人时，我大吃了一惊。石人立在那里，正像人们描述的那样，但顶端上突出的那部分石块不见了——石人没有头了！

如此变故让我猝不及防，先前拟好的采访词用不上了，我急忙问："你的头呢？"

石人说："唉，华先生……赵二狗……"

我明白了，定是华先生怂恿赵二狗，把石人的头砸掉了。唉，这个华先生，下手也太快了吧，至少应该等我采访完。

石人的声音很弱，大概是因为这伤害太大了。见石人还能说话，我稍微放下心来，对石人的采访不会受到太大的影响。

按照一般的采访策略，敏感问题都要放在最后，先要拉拉家常套近乎增进感情，感情近了，后面的谈话也方便了，即使有敏感话题也不会招致对方反感。

我问："你在这儿多久了呢？"

石人似乎平复了一下内心的伤痛，喃喃地说："多久……我已经不记得了。只知道，我在这儿的时候，还没有华先生，还没有赵二狗……不！还没有华先生和赵二狗的爷爷的爷爷呢！"

我接着问："你是怎么来到这儿的？"

石人回忆了一下，说："怎么来到这儿……也已经忘记了。好像某一天突然从这岩上就分离出来了，跟他们一样。"我看了一下，果然，旁边还有很多石块，我指着问："是他们吗？"

石人点点头，说："是的。"

本来我想直接问石人，为什么要害人呢，但看到现在这个样子，这样的话却说不出口。无论石人曾做过怎样的坏事，他现在已经得到了极惨的下场，我如果言语不当，刺激了他，对他也是一种伤害。

于是我问："华先生为什么让赵二狗来砸你呢？"

没想到石人自己说了出来："因为我害人呀！我害了很多人，还害了赵二狗。"

我非常意外："那你为什么要害人呢？"

石人喃喃地回答："我并不想害人，从来没想。我也一直在问自己，为什么要害人呢？直到现在我也没弄明白是为什么！"

我有些不悦："不是你自己也承认害人了吗？"

石人似乎有些茫然："我能不承认吗？我害没害人不要紧，但华先生说我害人，那我一定是害人了。你们不是都听他的吗？"

我又问："华先生为什么要说你害人呢？"

石人似乎更茫然了："这个……我先前想了很久，真不明白；但后来似乎又有一些明白——大概因为我的形状是人形吧！那一天，华先生在这路上走着，经过我的身旁，对我看了很久，然后说了一句，这石头长得好像人呀，莫不是成了精要出来害人吧？从那以后，便传开了我害人的消息。"

石人的声音弱弱的，却又清晰地传给了我。他说话的语气极像用空洞的眼睛望着远处，如果他有眼睛的话，确实是望着远处了。

第一辑 传奇林

19

我一时不知道说什么才好。和石人简简单单地一番交谈后，我心里明白，其实石人根本没有害过人。就因为石人长得像人，华先生便说他害人；就因为华先生跟我相熟，我居然就答应华先生要写石人害人的文字。我自己不正是在害人吗？我不禁面红耳赤。

我再也待不下去了，急匆匆地告别石人。

好长一段时间，我都不知道如何来写这篇文章。石人没有害人，我不愿意昧着良心；华先生也得罪不得，我又无法为石人仗义执言。

我心里矛盾着，后来思考良久，决定把采访石人的经过如实地记下来。我不做评判，就让我的读者去评判吧。

蚕 谍

烈日，古柏，茂盛交错的枝叶遮蔽了满天的热浪，古柏下的大道便成了一道荫凉的长廊。

大道上是一位青年，面容英俊，一袭粗麻青衣，急急地穿行在古柏下的阴影里。

黄昏时分，太阳在西山藏起了半张脸。青年结束了急行，在一处寨落前停了下来。再有片刻，太阳就会完全躲进了山后，那时，寨门就会关闭，而他必须赶在寨门关闭前进入寨落里。

寨门前早候着一位老者。老者白须白发，却又衣着华美，见到青年，迎了上来。青年一怔，却见老者微微一笑，问道："您是蚕丛？"

青年神色一变，矢口否认："不是。"

老者哈哈大笑，说："面容英俊，一袭青衣，不是蚕丛还是谁？"

青年知道已被对方识破，无法再否认，将面色一凝，昂然问："我就是蚕丛，便又怎的？"

老者止住笑，正色说："羌族一直对冉族虎视眈眈，你们首领羌坤一心攻打冉族，一定会派人刺探情况。所以，你一进入冉族我们便知道了。"

青年默然无语。老者却说道："我可以帮你，你跟我来吧。"

青年，现在应该叫蚕丛，没有办法，只得将信将疑地跟着老者进了寨门。

第一辑　传奇林

21

蚕丛问："你准备怎样帮我？"

老者说："今日天色已晚，明天我带你在寨内察探情况。"

第二天，老者果真带着蚕丛在寨内转悠着，哪儿可进攻，哪儿有防守，老者让蚕丛看得一清二楚。

蚕丛摸清了寨内情况，准备回去复命。老者将蚕丛送到寨门口，对他说："蚕丛，你虽然知道了寨内情况，可羌坤想要进攻冉族，一定会失败的。"

蚕丛问："为什么呢？"

老者并不回答，把一件东西递给蚕丛："羌坤虽然野心勃勃，但他是一个聪明人，你把这件东西交给他，他自然知道原因。"

蚕丛接过来一看，是一件华服，跟老者身上穿的一模一样。蚕丛突然记起，他在寨内打探情况时，寨内几乎人人都是穿着这样的衣服。

蚕丛回到羌族，向羌坤汇报情况，递上了那件华服。羌坤和族内长老们急忙细看，华服轻柔、滑顺、泛着光泽，感觉舒服极了，和羌族人穿的粗糙麻衣天差地别。羌坤叹了口气，对众人说："早听说冉族会生产丝绸，这一定是丝绸做的衣服了。那位老者说的没错，我们若要攻打冉族，必败无疑。"

一位长老献计："既然丝绸如此厉害，我们何不派人潜入冉族偷一些回来。那样，我们也有了丝绸，就可以打败冉族了。"

羌坤摇摇头说："不是丝绸厉害，冉族人能造出丝绸，说明生产能力已经超过了我们很多，这才是他们厉害的地方。"

蚕丛慨然说道："我愿意再入冉族，把丝绸的织造方法带回来。那时，我们也能造出丝绸，就不会再输给冉族了。"

羌坤对蚕丛说："行，只是辛苦你了！"

蚕丛再次来到冉族，找到老者，把自己的目的告诉了他，让他帮助自己。

老者沉思了一会，答应了，不过他要蚕丛必须留在冉族三年。他说："蚕丛，丝绸织造的过程非常复杂，没有三年的时间，你绝不能真正地学会。"

蚕丛略一迟疑便答应了，他看出老者说的都是真的。他下定决心，一定为羌族带回丝绸织造技术，别说三年，十年他都会答应的。

从此，蚕丛留在了冉族，跟着老者学习丝绸织造。丝绸织造的技术相当繁杂，先要养一种白色的丝虫，丝虫长大后，吐出丝，裹成一个圆球，摘下圆球用水浸泡，就能抽出白色细丝，再将白色细丝编织成薄薄的织品，丝绸就制成了。养虫子，抽丝，织绸，蚕丛每一样都学得极为认真。渐渐地，他的心思全都用在了织造丝绸上，以至于忘记了自己此行的使命。

三年后，蚕丛已熟练掌握了丝绸的织造方法。经过不断实践，他不仅掌握了丝虫的养殖方法，而且通过对抽丝、编织技术的改进，还织出了更精美的织品。在他的带领下，冉族人制造出大量更加精美的丝绸。

这天，老者突然对蚕丛说："你已掌握了丝绸织造技术，现在可以回去了。"

蚕丛哭了，说："我现在只想织造出更多更好的丝绸，已经不想攻打冉族了。冉族也好，羌族也好，我不希望大家再相互攻打。只要提高生产能力，我们的族人就会过上好日子。"

老者点点头，说："你们的首领羌坤就要死了，你回去，他一定会把首领的位置传给你。你继位后，希望不要忘记自己的话，带着两族的人织造出更多的丝绸。"

蚕丛流着泪说："我一定记着首领的话。"

"首领？"老者惊讶地问，"你咋知道我是首领？"

蚕丛一脸景仰："早听说冉族的首领蜀山是一个非常贤明和宽厚仁义的长者，跟您在一起的这三年，我早已深深地感受到了您的高贵品质。"

第一辑 传奇林

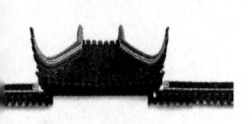

　　原来老者正是冉族的首领蜀山。蜀山赞许地说:"冉族就交给你了,我相信这也是所有冉族人的愿望。你聪明、勤劳、善良,一定会让羌冉两族和平相处,共同过上好日子的。"

　　蚕丛点点头:"今后,冉羌两族结合在一起,就以您的名字命名,叫蜀国吧!"

　　蜀山笑了,说:"这个名字很好——我们的丝虫还没名字呢,能也给它们取个名字吗?"

　　蚕丛想了想,说:"就以我的名字命名为蚕,这样也可以让我时时记住,一定要像蚕默默地为我们族人吐丝那样,把自己的一生都奉献给蜀国。"

剑 客

南宋嘉定年间，有个剑客叫唐钥。

唐钥原本不是剑客，而是一个读书人。他的父亲唐伯是一个商人，苦心经营挣了不少家产。为了让唐钥安心读书，以便将来有出息，唐伯拿出全部积蓄，在镇上买了一块好地置了一座大宅院。

镇上有个叫柳虎的人，看上了唐家的宅院，于是就想据为己有。

一天，柳虎带着手下来到唐家，对唐伯说："你必须把这个宅院卖给我！"

唐伯说："我好不容易才置起这座宅院，从没想过要卖出去呀！"

柳虎阴阳怪气地说："不卖也可以，那就送给我吧！"

唐伯见柳虎来者不善，赔着小心说："你这哪里是买？分明是要强取！"

柳虎冷笑一声："我就要强取，你又奈何？识相的赶紧让出宅院，否则休怪我不客气！"

唐伯又急又怒，指着柳虎说："你这样为所欲为，公然霸占别人家产，就不怕法律制裁吗？"

柳虎眼露凶光，恶狠狠地说："法律？有我的拳头硬吗？"说完，一拳打在唐伯身上。柳虎的手下也一哄而上，见人就打，见东西就砸。不一会儿，宅院里被打砸得一片狼藉。

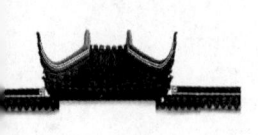

唐伯急火攻心，竟然当场被活活地气死了。

唐钥在外游学未归，第二天回到家，看到家里的惨状，气得当时就要去找柳虎拼命。乡亲们将唐钥拦住，说："你一个文弱书生，柳虎又有那么多的手下，打得过柳虎吗？还是想想别的办法吧！"

唐钥想，除了向官府告发柳虎，也没有别的办法了，便写了状子，赶到县衙鸣冤告状。县令接过唐钥的状子，不冷不热地对唐钥说："这等邻里纠纷，难分是非对错，本县不好过问。"

唐钥还想争辩几句，县令却让衙役把他赶了出来。

原来那柳虎是当地恶霸，很有势力，又精拳术，官府也不敢惹他。县令明知唐钥冤屈，却不敢贸然招惹柳虎。

唐钥申冤无门，满腔愤懑。哪知柳虎听说唐钥去县衙告了自己，恼羞成怒，气势汹汹地带了手下，要来打死唐钥。

乡亲们让唐钥赶紧离开。一位乡亲说："柳虎势力很大，官府也不敢惹他，你要报仇，只有自己想办法了。听说离此三百多里的地方有一位剑客，你去跟剑客学习本领吧，学了本领打败柳虎，就可以报仇雪恨了！"

于是，唐钥含泪逃离了家乡，按照乡亲们的指点，寻找剑客去了。

三年后，唐钥终于学得一身本领，回到了家乡。自家的宅院已被柳虎霸占，家人们也不知所踪，听说是不堪柳虎的欺侮，逃难去了。

唐钥顾不得悲伤，马上找到了柳虎，拔出宝剑和柳虎斗了起来。柳虎知道唐钥已是今非昔比，也不敢大意，拼尽全力和唐钥恶斗。唐钥为了报仇，天天发奋图强，用心跟着剑客练剑，早已学到了一身精湛的剑术，柳虎哪是他的对手！几个回合过后，唐钥便将柳虎打倒在地，用剑尖对准柳虎的心窝。

乡亲们得知消息，都赶了过来，见唐钥已经打败了柳虎，便齐声喊道："杀死他，杀死这个恶霸！"

唐钥却收回了剑。他对乡亲们说："唐钥逼死我的父亲，霸占我的家产，我跟他有这样的血海深仇，确实应该杀了他。但我若这样杀了他，却并不是真正地报了仇。像柳虎这样的恶霸，危害乡里，只有受到法律的制裁，让他的罪行昭然于天下，才是他应有的下场。"

唐钥和乡亲们一起，把柳虎扭送到县衙。县令见柳虎被唐钥制住，便不再惧怕，积极审理此案，报批上级将柳虎斩首。

后来，唐钥被县令推举为都尉，专门捉拿坏人归案伏法。

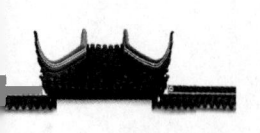

宝　剑

　　铸剑师铸造了两把宝剑。它们都是选用上好的钢料，经精湛的工艺铸成，精美而且锋利，是名副其实的宝剑。

　　铸剑师将其中一把送给了文官，另一把送给了武官。

　　武官宝剑跟了主人，天天征战疆场，攻无不克，战无不胜，杀敌无数，使主人威名赫赫，也使主人屡立战功。

　　当然，功劳有主人的一半，也有宝剑的一半。主人在享受荣誉的同时，也没有忘记帮自己立功的宝剑。武官对它爱护有加，并不时地在人前炫耀，使得武官宝剑同样威震沙场、名扬四海，被人们称赞是世上最好的宝剑。

　　文官宝剑跟了主人，被主人挂在书房墙上。文官偶尔摘下来把玩一番，看够了就依然挂回墙上去。

　　文官治理国家，也立下了不少功劳，被当世称颂，被朝廷嘉奖。但文官给朝廷上书，给州府发文，都是用笔，功劳和荣誉，跟宝剑似乎毫无关系。

　　文官宝剑很委屈，觉得命运对自己很不公平。

　　后来，武官战死，那把宝剑也伴随着他淹没于荒野。

　　不久，文官也死了，死的时候用那把宝剑作了陪葬品，因为那是他最喜爱的东西。

　　一千多年后。

　　战死的武官已化成了一堆白骨，那把宝剑经历风雨侵蚀，早已锈得不见当初的样子。

在某个月夜，一个盗墓贼潜入了文官的墓穴，盗走了那把宝剑，因为有人打听到那把剑，说是无价之宝，要出大价钱收买。

盗墓贼盗得宝剑，经过一处荒野时，却被草丛里的什么东西绊得差点摔倒。这片荒野，正是当年武官战死的地方。

盗墓贼停下来细看，原来是一堆白骨，其中有一个长长的锈铁块。盗墓贼一脚踢过去，把这个锈铁块踢出了老远。

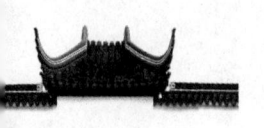

血馒头

匪头带着土匪们洗劫了村子，将抢来的财物放上马背，掏出馒头，准备打了尖后回山寨去。

一双眼睛盯上了他。

那是一个十三四岁的小乞丐，褴褛的衣裳，蓬乱的头发，一张黑瘦的脸，直勾勾地盯着他手里的馒头。

匪头本想一刀劈过去，但心念一动，将手里的馒头在脚下死尸上一擦，馒头便被蘸上了黏黏的一层血。

匪头阴笑一声，说："小杂种，拿去吧。"一扬手，血馒头被抛到了小乞丐脚下。

小乞丐却并不去捡，盯着血馒头浑身微微地颤抖。

匪头干笑："吃吧，吃了就能跟老子们一样，吃香喝辣要啥就有啥！"

小乞丐从血馒头上挪开眼睛，神情绝望而悲哀。

匪头眼带凶光，如一把带着寒气的刀子，深深地扎在小乞丐身上。小乞丐痛苦得眼里都要喷出泪来。

四周寂静得可怕，即将来临的暮色让人窒息。

一声哀号，小乞丐弯腰捡起血馒头，消失在夜幕中……

五年后，土匪们和一队武装狭路相逢，一场混战，土匪们伤亡殆尽。

匪头伤于一个少年之手。少年出手狠辣，匪头不是对手。

战斗结束。月光映着少年满是血迹的脸。匪头还没断气，他突然想起了什么。

匪头挣扎着问:"你是——五年前的那个小乞丐?"

少年沉声回答:"不错!"

匪头狞笑着:"你吃了那个血馒头?"

少年鄙夷地说:"没有!"

匪头嘶吼:"可你杀了人!"

少年凛然说:"我知道不管我吃不吃血馒头,以后都会去杀人。但我知道若吃了血馒头,只会跟你们一样去残害百姓。我若不吃血馒头,就会杀像你们这样的土匪!"

匪头瞪大眼睛头一歪,便就此不动。

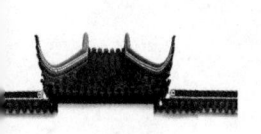

孝廉郭纯

东海岸边，乱草岗下，一座新起的孤坟。一中年男子跪在坟前，悲声大哭："妈呀——"

男子名叫郭纯，就这郭家村人，坟内是他刚死的老娘。

郭纯正在恸哭，忽然一群乌鸦飞来，绕着郭纯一边盘旋一边应声鸣叫，不肯离去。

人们莫不惊异，自古乌鸦有反哺母鸦的孝名，莫非这郭纯也是至孝之人，感动神灵降此异象以昭示世人？

郭家村人对于郭纯向来不太熟悉，只知他和一老娘生活。这郭纯一向到处浪荡谋求出人头地，既不耕田种地，也不读书求取功名，家里全靠老娘操持。

郭家村出此异事，村人不敢隐瞒，急上报太守，太守即着人到郭家村查证，认定郭纯事母至孝感动神灵，引来乌鸦哀鸣共悼其母。

太守当即上奏朝廷，举郭纯为孝廉。

郭纯在老娘坟前哭罢，回到家里。家中一片凌乱，老娘死后，尤显冷清。

厨房里的灶上，搁着一盘肉饼，散发着香味，显然做好不久。老娘永远都吃不到这么好的饼了！郭纯忽然有些伤感。

郭纯把饼切碎，装在篮子里，提着走了出去。

村外，乱草岗上，数十只乌鸦停歇树上。郭纯从篮子里抓出饼，撒向空中。饼落地下，却不见一只乌鸦飞来吃那饼。

郭纯骂道:"孽障,非得要哭才吃吗?"于是嚎了一声,"妈呀——"乌鸦们呼啦啦从树上飞下,争食那肉饼,霎时便吃得干干净净,复又飞回树上。

十里长亭。郭纯即将启程赴任。

太守拱手相揖。"郭孝廉此去,前途未可限量,他日富贵荣华,须不忘本府举荐之意。"

又进一步悄声说道:"郭兄放心,那些乌鸦,我会悉心照料,饲其如母。"

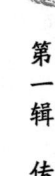

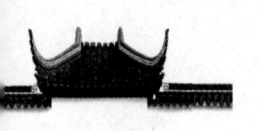

王燧当官

阿县王燧摊上大事儿了！

一个老实巴交的小老百姓，能有什么大事儿呢？事儿来自王燧养的猫猫狗狗。

晚上，王燧照例把母猫从笼子里放出来——屋里闹耗子呢。

半夜，梁上君子到访，按惯用手法，要先治住主人家的狗。此君靠近狗笼时，赫然发现，笼子里除了母狗和狗崽，竟然还有猫崽。猫崽嘴里衔着母狗的奶头，表现出只有母子才有的亲近。

此君当即一转念，不再进王燧家偷东西，而是往县衙去了。

第二天，县令带人到了王燧家里，有人举报王燧家的狗生下了猫崽，他要来查个清楚。

证人指证了案发地，县令仔细查看，笼子里一只母猫和几只猫崽，还有几只狗崽，狗崽嘴里衔着母猫的奶头，表现出只有母子才应有的亲近。

明明是母狗，怎么变成猫了呢？

举报人举报不实，被重责五十大板后赶走。不过，王燧要随县令回县衙过堂说个明白。

那只母狗呢？母狗白天都是要放出去的，不能老关着。

王燧从来没有上过县衙大堂，战战兢兢的如何说得出话？县令好半天才明白，王燧家猫狗互乳其子。

没来由到县衙上受了一通惊吓，王燧想不通，我不就是养了一猫一狗，猫狗同时下崽，由于一直养在一起，幼崽们于是都拿猫狗当亲娘了吗？

县令也想不通，只好将此事急报朝廷。

皇帝召大臣们讨论。大臣们分了两派。一派说，这是不祥之兆，建议将王燧押来问罪。一派说，猫狗互乳，这是祥瑞之兆，说明王燧是个贤德的人，理应得到朝廷重用。

并且祥瑞派说，是因为皇上圣明才有了这样的祥瑞之事，于是祥瑞论被皇帝采纳。

遂召王燧进京为官。

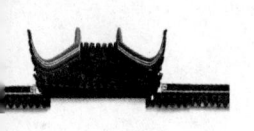

天 鼓

敌起倾国之兵犯境。将军率军拒于米仓山。

米仓山绵亘八百里,高山深峡,唯米仓道可通,是国门屏障。将军屯兵于米仓道要冲,和敌人决战于米仓山峡谷中。

双方决战数百次。敌人觊觎已久,为进犯准备多年,势在必得,虽死伤不少,但后援不断。

国家积弱多年,国力远不如敌。形势愈加严峻。

将军暗思,须得出其不意,方可挽回局势。是夜,他望着黑魆魆的峡谷,思索良久,唤过几位士兵,做了吩咐。

翌日,两军对决。咚咚咚!山谷中突然响起巨大的声音。

是战鼓声!又似不是。声音开山裂石,震耳欲聋。敌人无不惊慌失措。

是战鼓声!熟悉的鼓声,若天降雷霆,震撼人心。将士莫不热血沸腾。

原来将军让人做成两面巨大的军鼓,交战时击鼓,鼓巨声响,先声夺人,加之在山谷来回震荡,骤听之下,魂惊胆慑,敌人斗志顿消。

将军率队冲杀,敌人尸横遍野,溃不成军。

忽然一位军士来报:"敌军从小路偷袭,直抵都城,朝臣贪生怕死,已怂恿皇上投降了敌军。"

将军大惊,悲愤不已,大呼:"皇上,臣等力战未死,为何先降!"

将军抑制住悲愤,对众将士说:"自古只有将军先死而国家后亡,未有将军后死而国家先亡。今皇上先降,我等咋办?"

将士愤然大呼:"愿随将军战死!"

于是将军亲自擂鼓,众军努力拼杀,一时血流成河,层林尽染。

数支箭飞来,将军中箭,挥槌最后一击。鼓声撼天动地,在峡谷中震荡不绝。敌人莫不胆寒。

后来,两面军鼓化为两座山峰,人称天鼓。山间飞瀑击石,声震数里。

有人说,那是将军的击鼓声。

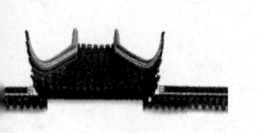

大山铺的传说

　　大山铺不是铺,是一块丰茂的草地。大山铺还有一个湖泊,湖水清凌凌的,映着蓝天白云。湖滨为一片草地,很美很美。

　　这是一块风水宝地,是峨嵋的家园。峨眉家族已在这里生活了很多年,究竟有多少年,峨嵋说不清,只知道自己的家族一直生活在这里,从未离开过。

　　峨嵋有着十分高大的身躯,修长的脖子,正是一位俊美的男子,就像大山铺西边秀美的峨嵋山一样。峨嵋知道,正是大山铺的山水养育了自己,所以他爱这里,大山铺是他唯一的家园。

　　沉沉的夜,下着雨。峨嵋静静地立在雨中,氤氲的水气夹杂着草香,这正是家园的气息,这样的气息令他沉醉。

　　就在此时,一个影子在暗夜的掩护下,悄无声息地向他靠近,然后猛地向峨嵋扑了过去。

　　峨嵋霍地惊醒,那家伙的脑袋正撞在自己的肩膀上,牙齿深深地刺进了自己的皮肤里。一阵撕裂般的疼痛从肩膀向着周身扩散。

　　峨嵋顾不上疼痛,猛地站定,使全身力气一甩肩膀,把那个偷袭自己的家伙甩出了老远。他怒目而视,偷袭者是个狰狞可怖的家伙,一个硕大的脑袋,一双闪着凶光的眼睛,白森森的牙犹如磨亮的匕首,双手短而灵巧,双腿壮而有力。峨嵋认识他,正是峨嵋家族的死敌,有捕食者之称的巨齿。

不久前，巨齿来到了大山铺，打破了峨嵋宁静而幸福的生活。他宣称这里是他的地盘，他才是大山铺的主人，他要杀死峨嵋，独占这里的一切。

战斗就这样不可避免地展开了。面对野蛮入侵的敌人，在生死存亡的危急关头，反抗才是唯一的选择。一向温文尔雅的峨嵋，爆发出前所未有的勇气和决心。峨嵋和巨齿，就这样成了一对你死我活的宿敌。

巨齿功败垂成，不由得恼羞成怒，他立即爬了起来，狠狠地盯着峨嵋，全身作势，伺机发动更为厉害的攻击。

峨嵋不敢大意，面对巨齿这样可怕的敌人，一个应对不慎便足以使自己丧命。他长啸一声，凝聚全身力量，准备给这个可耻的入侵者以坚决的反击。

双方僵持着，谁也不敢贸然出手。等待对手先露出破绽，然后绝地一击，这无疑是最好的制胜方式。

雨大了，哗哗地下着，地面上开始有了积水。

终于，巨齿耐不住了，他双腿用力向后一蹬，身躯如疾风般地向着峨嵋扑了过去。

峨嵋无暇多想，在巨齿发动攻击的一瞬间，庞大的身躯带着全身的力量，果断地撞向巨齿。这无疑是一次惊天动地的交手。

意外总是在不经意间发生！

野草被积水浸泡后，恰如交织的绳索。交织的野草无意中缠住了峨嵋的双脚，滞碍了峨嵋的行动。峨嵋撞向巨齿的身躯被迫一缓。

巨齿抓住这千载难逢的机会，强健的后腿用力，便凌空而起，正好摆脱野草的羁绊，使得自己的进攻不受丝毫影响。他用灵巧的双手抱住峨嵋的脖子，白森森的牙齿再次嵌了进去。

峨嵋无法反击，顿时处于劣势，庞大的身躯摔向了地面。巨齿不肯丢掉这来之不易的胜利，困着峨嵋的双手，不敢有丝

毫的松懈。

峨嵋倒下去时，巨齿一条后腿正巧被压在了自己的身下。巨齿受制于被压，也无法进一步对峨嵋进行猎杀。

双方就这样僵持着。

雨越来越大，地上的水已经没过了一些小树。

峨嵋不敢有丝毫的松懈，这是自己取胜的唯一希望，如果让巨齿挣脱，自己无疑会面临毁灭性的结局。

双方就这样一直僵持着。

雨越来越大，如瓢泼般，地上的积水终于融进了涨上来的湖水，不久，整个大山铺都淹没在茫茫的水中。

峨嵋渐渐地失去了知觉，大山铺的一切，仿佛从此和他一起开始沉寂了。

不知过了多久，峨嵋被一阵沸腾的人声吵醒。

"快来看那副化石，峨嵋，来自侏罗纪的恐龙！"

峨嵋睁开眼，身边围了一圈人，正指点着自己，巨齿已成了一副白色的骨架，还保留着当初捕食者的姿势。峨嵋的心里有一丝欣慰："我没有输，没有丢掉大山铺，我保住了自己的家园！"

峨嵋不知道，他同样没赢，他和巨齿一样，都败了，败给了可怕的自然法则。一亿五千万年前的那个大山铺，早已不是当初的模样。

蛇　王

乘坐客运中巴从老家去工作的那个乡镇，车过半程时，经常遇到一个七十来岁的老者，提一个蛇皮袋子，拦路上车。据车里人说，那人叫老乌，是这一带有名的蛇王。

老乌上了车，并不去寻座位——有时车上还空着座位的，而是靠门站着，将蛇皮袋子随意地放在脚下。他身穿一件破旧的土布衣服，脚穿一双草鞋，一张极为平常的脸，带着恹恹的老态，毫无王者的气息。如果不是旁人说，我很难将他与什么王联系在一起。只有当他脚下的袋子微微蠕动时，才觉得这个不起眼的老头有着莫名的诡异。

蛇皮袋子里装的是蛇，老乌被称作蛇王，是因为他是抓蛇的行家。但我颇不以为然，老乌只不过是会抓蛇而已，什么王不王的，要是会点什么就称作王，那人人都是王了。

关于老乌抓蛇的话题，我也是听车上的人说的。一个话题是说老乌抓蛇很在行。他并不需要工具，就那么恹恹地在山林里走，专往荒草堆里寻找，找着找着，你还没看出来，他就已经发现了蛇。他先是慢慢地靠近，等靠得足够近了，突然眼露精光，一只手快如闪电地向前一抓，一条蛇就悄无声息地到了他的手里。他抓到了蛇，对着蛇吐口唾沫，那条蛇就不挣扎了，乖乖地任他摆布。于是他把蛇往蛇皮袋子中轻轻一放，又恢复了恹恹的老态，去寻下一条。老乌找蛇的本领也很强，他好像知道蛇生活的地方，找蛇的时候总不走空，每次都能抓到很

多蛇。

老乌抓蛇的另一个话题,却是与别人的一段恩怨。老乌抓蛇,却不许别人抓蛇,看见有人抓蛇,他便会阻止。

偏偏这一带还有一个抓蛇人,叫赖生。赖生本来不是抓蛇人,但这几年却突然热衷起了抓蛇。他经常背一个紧口大布袋,手持一柄特制的小铁叉,在山野里来来往往地寻。寻到了蛇,用铁叉往下一叉,便叉住了蛇的颈部,那蛇的前半段便动弹不得,只有一条尾巴来回地乱甩。赖生便把蛇捉了,狠狠地扔进布袋里,又去寻下一条。

有一次,两人竟然狭路相逢,吵了起来。老乌斥责赖生不该抓蛇。赖生不服,还嘴说:"都是抓蛇,凭什么你抓得我抓不得。"老乌说:"虽然都是抓蛇,但我抓蛇跟你不一样。你抓蛇是卖钱,我抓蛇是治病。"赖生说:"你治病不也是为了钱。"老乌便说不出话来。那次争吵老乌落了下风,据说气得大病了一场。

我跟老乌终于也有了交集。

一个夏夜,我和几个朋友在院子里乘凉,正聊着呢,感到腿上轻微一疼,就有些麻木了。我"啊"了一声,隐约可见一个长长的黑影在脚下一闪,没入了草丛中。我们赶忙回屋细看,只见腿上几个小红点,周围的肉现出了紫色。不用说,我是被毒蛇咬伤了。

我正惊慌,一位本地朋友说:"快去找老乌,他能治好。"朋友们七手八脚,背起我就往老乌家走去。

好在老乌家并不远,十来里路,朋友们紧赶慢赶,几十分钟就到了老乌家。伤口周围肿得老高,乌了一大片,中毒已经很深了。老乌好像并不着急,去里屋端了一杯黑色的液体。液体散发着浓浓的酒味,原来是药酒。老乌喝了一口含在嘴里,对着伤口喷了一下,用手心使劲揉起来。揉了一会,又喷一口再揉,这样揉了半个钟头,伤口竟然消肿了。老乌说:"好了。"

然后让我把杯子里剩下的酒都喝下去。

当时我就能走回去,第二天竟然完全好了。我亲身感受到了蛇王的功夫,果真是名不虚传啊!

后来,我又专门去了一次老乌家,特意去买他的蛇酒。老乌的蛇酒不仅能治蛇毒,还可以治风湿。正好老母亲有风湿,我买一些带回去。那次我跟老乌聊了很多,老乌说:"我的蛇酒虽然有效,但以后会越来越少了。蛇越抓越少,都快抓没了。"说着,他的脸上竟然有些忧伤。我突然明白他为什么会和赖生吵起来,赖生捉蛇会让他如此生气。

我想:"既然蛇酒很少,老乌肯定会加钱的。他如果加钱,那也是可以理解的,多给也是应该的。"

给钱的时候,我便主动多给了些。没想到老乌生气地说:"我抓蛇制酒是为了治病救人,并不是为了赚钱。只给个成本价吧。蛇并不是我家的,而是大家的,我不挣昧心钱。快收回去,要不我得跟你急了!"

我惶恐地收回钱,突然记起,那晚老乌给我治蛇伤,我还没有给钱呢,老乌没说要,我也就忘了。惶恐之余,不由得对老乌大感服气,我想,即使老乌以后再也不抓蛇了,人们还会称他为"蛇王"的,因为他的"王",与蛇无关。

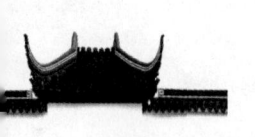

中元节的故事

孟兰死后，虎子一直都没有哭过。

那时虎子才八岁，邻居们说："唉，娃娃还小，不懂得亲人离去的伤悲。可怜的孩子！"

虎子一天天长大，也渐渐懂事了，但邻居们从未看到过他因为母亲的离世而显露过半分悲伤。

"唉，只怪孟兰死得太早，还没有来得及让儿子感受到失去亲情的痛苦。可怜的孟兰！"

好在孟兰给虎子留下了三亩薄田，还是虎子的爹死后留给孟兰的，孟兰死后，这田自然留给了虎子。

虎子还不能种田，这田邻居们就帮着种了起来。

十年后，邻居们对虎子说："虎子啊，这些年由于你小，我们先帮你把田种起来。现在你已经长大了，我们不能代替你种一辈子，今后可就得你自己种了。"

虎子点点头，然后一头扎进了田里。

虎子种田特别卖力。刚进七月，便已小熟。十五这天，虎子收完了早熟的稻谷。

晚上，虎子将新米在院中摆放好，哭着说："母亲，我一直记得你临终时对我说的话，不能哭，要坚强。这些年来，我一直是这样做的，现在已经能自食其力了。母亲，这是我收获的新米，就用它们来祭祀你吧。"

虎子拜祭完母亲，心想自己一直受到邻居的帮助，无以为报，现在祭祀母亲，也一并祭祀左邻右舍的亡灵吧！

　　虎子祭祀完母亲等亡灵，真的有点累了。不一会儿孟兰就出现在虎子面前，她面带微笑，爱怜地看着虎子说，因为虎子祭祀左邻右舍的亡灵，阎君感动，决定地府放假三天，让亡灵们能够回家和亲人团聚。

　　很多年后，虎子都说不清楚这晚的情景究竟是不是梦，但他记得人间此后有了中元节，就是这一天。

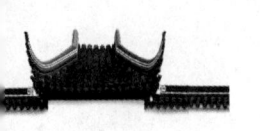

清　明

清明，雨断魂。

长安城南二十多里外的一条小道上，走着一位中年人，后面跟着一位少年。

雨，似乎并未影响到二人。两人虽衣衫湿透，仍冒雨而行。中年人被雨水打湿的脸愈加沧桑，却也愈加精神。少年紧紧跟着，生怕一不小心就跟丢了。

近了。少年说："老爷，就可以见到老老爷了。"

未几，就见烟雾迷茫中，赫然一座高葬大墓。两人停下，在墓前跪拜。拜毕，少年从包袱中取出成沓的草纸，用火点燃，大声说道："老老爷，清明了，老爷回来给您烧纸钱了！"

中年人说道："爷爷，我还记得当初您对我说的话。您说，不求我官位显赫，只求我平平安安，每年清明还能给你烧一把纸。十四年后，我才深深体会到您这句话。"

火光映照着墓碑上苍劲的楷体——"大唐宰相杜佑之墓"。

待墓前草纸燃尽，中年人对少年说："瑶儿，给我自己也烧一把纸吧！"

少年一脸惊疑。

中年人长叹："唉，今日清明我为老老爷烧纸，他日清明谁为老爷我烧纸呢？"

少年流泪："老爷，我知道您委屈。胸怀大唐，却无端被贬，您一定会东山再起的！"

中年人悠悠说道："官场险恶，我一腔热血，反受朋党所累。今日清明烧一把纸，昔日杜牧已死，今后的杜牧将远离朝廷纷争，唯安心于地方，为百姓做些实事。"

火光映照，少年一脸泪痕，中年人却愈加平静。

少年说："老爷，前面不远就是老老爷所筑樊川别墅，咱回家歇一晚，明天再去黄州吧。"

中年人摇头："不，瑶儿，清明好雨，咱找个酒家歇一下立即起程——哎，牧童哥，请问附近可有酒家？"

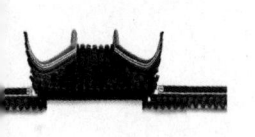

疑 冢

柳村十二湾，湾湾进士墓。

传言，柳进士死后，葬于柳村进士湾，设十二疑冢。

是夜玄月无光，一伙黑影出现在进士湾。

莫非他们是贼？

他们正是贼，一伙盗墓贼。

当他们好不容易寻着一墓掘开，里面竟是空空如也，再寻一墓掘开，还是空空如也。

一连掘开四五墓，墓墓如此。

其中一人不怒反笑。呵呵，看来传言不假，柳进士果然设了疑冢。

另一人说，大哥，如何才能找到真墓？天一亮就会被发现的。

大哥闷声回答，抓紧干吧，干完这一票，咱们就收手过安生日子。

一个人影悄然靠近。

谁？大哥握铲在手，沉声问道。

我是守墓人，来帮你们的。那人看了看大哥手中的铲，径直走了过来。

大哥鄙夷地盯着那人，这种监守自盗者常有遇到过，当下更不多话。

那人果然是守墓人，在他的指引下，很快找到余下的进士墓。只是打开最后一座墓时，仍然空无一物！

大哥向守墓人怒目而视。还有墓？

没有了。

为何都空无一物？

柳进士一生清廉，并无任何财宝陪葬。

为何设如此多疑冢？

疑冢？

大哥见守墓人不明白，解释说，为了掩藏陪葬的财宝而故意设置的假墓，叫疑冢。

守墓人一怔，突然哈哈一笑。是你们搞错了！

柳进士生前一心为家乡父老解危济困，做了不少好事。死后，众人念着他的好，自发置墓以方便拜祭。

大哥一拳击向旁边的一块大石。

守墓人说：不是疑冢，是义冢，我知道若不让你们看个究竟，你们不会死心。说完飘然离开了。

其时已是月近西山，有人说，大哥，我们走吧。

大哥低吼一声：走？也得先把这些墓恢复了原样再走！

第二辑 尘烟漫

往事 1983

"呼——"一声尖厉的枪响，打破了村子往昔的宁静。

河边站着一伙青年，其中一个正端着一支长长的步枪，向着对岸的一个山洞里射击。子弹从枪口飞出，飞入山洞的深处，只留下一丝淡淡的影子。

旁边站着的人们一边向山洞里张望，一边七嘴八舌地议论着。

一个穿着白花衬衫，高挽袖口，腰扎一条皮带的女青年站了出来。她从那个青年手里抓过枪，双脚左前右后微分，稳稳站立不动，将枪栓一拉一推，左手托起枪身，右手握紧枪托，右臂轻抬，将枪座抵住右肩，左眼紧闭，右眼微睁瞄准，然后扣动扳机。枪响，子弹急速飞向洞中，"叭"的一声，打在了洞内壁顶一个倒挂的石锥上。众人看得分明，轰然叫起好来。

原来这是村里的民兵在训练，训练的项目就是用枪射击洞内的石锥。那位射中石锥的女青年，正是本村的民兵连连长二妮。

头天晚上，二妮就去乡里开了会，会上说有个土匪二王，到处乱窜抢东西杀人，乡里让各村的民兵集中训练，加强防备。二妮领了枪，一回来就召集本村的民兵，下达了训练任务。训练的内容包括射击、擒拿等。

从此，村里的活儿都甩给了没有参加民兵的老人们，那些年轻力壮的民兵都在二妮的带领下，开始了紧张的训练。他们

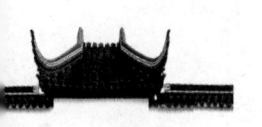

每天上午练习射击，下午练习擒拿捆绑。二妮不愧是民兵连连长，所有的训练，都是由她亲自讲解、示范，无论是射击还是擒拿，她都做得十分到位，动作干脆利落，让所有的人打心眼里不得不服。到了晚上，她就组织民兵巡逻，把民兵们分成几组，手拿电筒，各个路口查看，各种安排井然有序，有条不紊。人们谈论着，既怀有一丝对二王可能到来的恐惧，又怀有一分对二妮和民兵一定会擒住二王的信任。

日子就这样一天天地过去。

这天，二妮家发生了一件事，邻居秀嫂领了一个人进了二妮家。这是一个三十来岁的男人，穿一件白色的确良衬衫，一条蓝色卡其布裤子，裤腰扎着衬衫，系一根牛黄色的皮带。来人这身打扮极为时髦，村里人何曾见过。不多时二妮家就挤了不少的人来看热闹，或在一旁指指点点品头论足，或在一旁嘻嘻哈哈说笑。二妮妈非常热情地招呼着来人，不时和秀嫂进里屋耳语一阵，然后又去河滩找到二妮，要她赶快回家。

来人是秀嫂带来相亲的。二妮已经二十七八了，人长得漂亮，也非常能干，各方面的条件都非常不错，可不知怎的，个人问题一直没有解决，都老大不小了，相亲相了一次又一次，次次都不中。二妮妈看在眼里急在心里，可遇着二妮那犟脾气，她也毫无办法，只能干着急，眼睁睁地看着二妮一年一年的，毫无着落。

二妮妈找到二妮时，二妮正在河边带着民兵们训练呢，二妮妈把她叫过来说了情况。二妮本不情愿回来，但二妮妈急了，骂了她几句，二妮只好跟着回到了家里。

二妮看到了那人，倒是饶有兴趣，站在那人身旁就聊了起来。二妮妈本来还担心呢，看到二妮这样，心里暗暗高兴，赶忙到厨房里准备吃的去了。

二妮先问了来人的基本情况，叫什么名字，家住哪里，来人一一回答。两人这样谈着谈着，后来竟吵了起来。

"我看你一身打扮，就知道你准不是好人。看这村里的人，哪个像你？"二妮说，"你究竟有什么企图？老实交代。"

那人不肯交代，只是一个劲儿地回答："是秀嫂带我来你家相亲，没有啥可交代的。"

两人越吵越凶。众人不敢再待下去，都悄悄地离开了。

二妮见那人不肯交代，最后说："你要拒不交代问题，我只有让民兵把你捆起来。"

那人见势不妙，抽个空子一溜烟地跑了。因为人是邻居秀嫂带来的，二妮倒也没再追究下去，任由那人跑出了村子。

二妮妈从厨房出来，屋里已是空无一人，气得直骂二妮"死丫头"。

转眼到了九月十八日，二王终究没有来。

晚上，二妮召集民兵，说二王已经被消灭了，宣布取消晚上巡逻，并从明天起停止训练。

人们都松了一口气。这段时间一直训练、巡逻，大伙一直都处在紧张的状态中，现在终于得以放松下来。

二妮却似乎有一丝隐隐的失落。她站在那里一言不发，任由人们谈论着一直没有撞见的二王。

第二天一大早，二妮就去乡上交还了枪支。

从乡上回来后，二妮去地里转了一转。早玉米已经被收得差不多了，晚玉米却正是壮苗的时候，看看离抽穗也不久了。今年由于壮劳力们都在进行训练防二王，只有一帮老人们刨弄庄稼，顾了早玉米就顾不了晚玉米，晚玉米缺苗很多。

二妮回家拿了锄头就往地里走。二妮妈叫住她："二妮你干啥呢？"

二妮回答："地里缺苗，我补苗去。"

二妮妈叹口气，说："唉，还补啥呀！都错过了季节，补也

不会有用了。"

见二妮待着没动，又说："错过了就错过了，下季种啥，好好盘算一下，兴许损失也能找回来。"

二妮正和二妮妈说着话呢，就见河边远处有两个人一前一后地走着。待两人走得近了一些，二妮看清前面的那人正是秀嫂，而后面的那个人，却是前次来跟二妮相亲的那个男子。

二妮想快步回到屋里，脚步却像被钉着了一般，迈不开腿。

水 鬼

黄昏时分，张三肩上搭着一个袋子，来到乱石潭边，要从下游水浅的地方涉水到对岸去。

张三挽起裤脚，顺了顺肩上的袋子，下到水中，踩着水底小心地一步一步往前走着。突然，张三觉得小腿上一紧，像是被一只手用力地紧紧捏着。

张三心里一凉："完了，遇到水鬼了！"

老辈人都在传说，乱石潭有水鬼，是人溺亡后变的。水鬼游荡在乱石潭的水里，无所归依，也不得超生，除非水鬼再找到一个人让其溺亡变成水鬼，自己才可离开乱石潭重新投胎转生。所以，老辈人都告诫："不要一个人太晚了去乱石潭，被水鬼找着了要溺死变水鬼的！"

巨大的恐惧和无尽的绝望霎时涌进张三的心里。张三来不及多想，就被这只手拽着拉进了上游水潭深处，不一会儿就沉没在水潭里，肩上的袋子也滑落到水里，沉到了水底。

从此，张三就成了一名水鬼。

张三觉得有些冤屈，自己一生老实本分，从没有害过人，没想到却遇到了这样的厄运。他也很悲哀，自己这一走就走了，婆娘娃儿咋办哟！张三家里很贫穷，婆娘娃儿一直吃不饱，自己去外地做了几天苦力，好不容易换了一点吃的，赶着拿回家给婆娘娃儿吃呢。本来自己也是知道乱石潭有水鬼的，但婆娘娃儿饿得久了，特别是自己七八岁的儿子张小狗，天天喊着肚

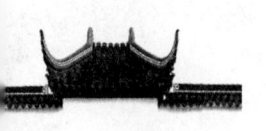

子饿要吃。张三心疼儿子,心里着急,就把这茬给忘了。

因为鬼怕阳光,变成水鬼的张三白天躲在水潭深处,到了黄昏就出来在浅水里游荡,等着下一个过河人来替换自己。

张三其实有些犹豫,他并不想有人跟他一样,稀里糊涂地变成了水鬼,他一辈子没有害过人,实在是不忍心。可是白天躲在水潭深处的时候,他老是想起自己的婆娘娃儿,想起婆娘等他回家的那双焦急的眼睛,想起儿子小狗喜滋滋地吃饭时的猴急样子。他渴望赶快回到他们身边,把自己换得的粮食给他们送去。这两种心思老在心里打架,渴望似乎更强烈一些,渐渐地,他的心里便没有了犹豫,只有渴望。

张三终于等到了。这天,太阳还没下山,张三便感到岸上有人,心里不禁暗暗高兴。好不容易挨到黄昏,张三悄悄靠近,心里狂喜,真的有人!一大一小的两个人影在水面上直晃动。

张三毫不犹豫地把黑瘦而有力的手爪伸了过去。

那个小个子人影在沉没入水前大叫一声:"爸爸!"

尖锐而凄惨的叫声穿透夜幕,回声在潭边飘荡。是儿子小狗!婆娘带着娃儿来找他了!张三心里一阵剧痛,如一把尖刀扎了一下。

从此,乱石潭再没有闹过水鬼。久而久之,人们都说乱石潭已经没有水鬼了。有些胆大的人说,真的,再晚从那潭边过河都没事。张小狗每年冬天都要在这里搭起一座木桥,他说:"走桥上吧,冬天过水冻脚。"

远去的赊刀人

通水河进村的时候，聚起一道山沟的水，流量变大了。通水河出村的时候，再聚起几道山沟的水，流量更大了。通水河越往下去，一定会聚起更多山沟里的水，流量会越来越大。

这个道理，通水村的人都知道。

河流量越来越大，河道便会越来越宽，河两岸便会越来越缓，人家会越来越多。人家多的地方，就会有通水村人从未见过的广阔天地。

通水河绕着村口的大山转一个弯，便流出了通水村人的视线。通水村人想跟着流水看外面世界的目光，却被大山挡了回来，通水村人便再也不去想那个遥远的外面世界，安安心心地守在了通水村。

但外面世界却时不时有人溯流而上，来到了通水村。当一个或几个陌生的面孔，担着精美的藤条挑箱，在山脚出现时，通水村人知道，外面世界的人又来村里了。

通水村人虽然不曾想过能走出这里，走进那个做梦都到不了的外面世界，但却非常盼望外面世界的人来到这里。通水村人把他们叫作挑儿客。每每他们来到这里，慢慢放下挑箱，不慌不忙地打开，通水村的男人女人便会围过来，挑箱里塞满的东西便会发着光，晃动着他们的眼睛。这些东西多是一些针头线脑和肥皂毛巾之类的日常用品，价钱也不贵，村里人正用得

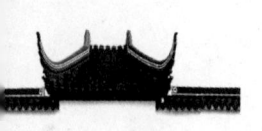

着，大都会买一些。

有时也有衣服和铺笼罩被之类的大物件，或者钥匙链指甲剪等精致的小玩意儿，女人们便都拿起衣服床单等品头论足，男人们则拿着钥匙链指甲剪等爱不释手。但大物件价钱贵，小玩意儿并非必需品，他们很少买，只是看。挑儿客们也不恼，很耐心地等他们看够了，才一件又一件地把东西重新在箱子里码好，挑着担子赶往下一家。

六月里的一天，太阳火辣辣地烤着通水河岸边的石头，知了在热浪中懒洋洋地哼个不停。这样的天，什么也干不了，女人们坐在房檐下的阴影里，张家长李家短地说着闲话，男人们围在屋里用扑克牌打光头，我们几个孩子则把身子泡在了河水里。

两个四十来岁的挑儿客出现了。女人们饶有兴趣地看着他们走近。两人放下担子，喘息了好一会才打开担子。

女人们把脑袋凑过去，却大失所望，她们没有从挑箱里找到自己要的东西，里面全是菜刀。

菜刀也是乡下人必需的日常用品，但通水村人一般不用花钱买，没有菜刀或家里的菜刀不好用，找村里的张铁匠打一把就行了。找张铁匠打菜刀，并不贵，一把刀也就一元钱，有钱给钱，没钱就给些米粮，还可以欠着账，宽余时再给也行。村里人买针头线脑，买肥皂毛巾，甚至买铺笼罩被，但就是没有买过菜刀。

"老乡，买菜刀不？"卖刀人开始了推销，"不一样的菜刀，纯钢的呢，快得很，保你切不坏。"

不买却不妨碍看，女人们接过菜刀细细地看起来。这些菜刀刀身雪亮，泛着寒光，拿在手里沉沉的，确实和自己家里的黑铁菜刀大不相同。

女人们有些心动，又想到这样的刀，价格肯定也贵，虽然内心想要一把，但还是准备放下了。

卖刀人似乎看出了女人们的心思，接着说："这把刀也不贵，三块多元。"

三块多元确实不贵，这样的刀值这个价，女人们还是没有要买的意思，但卖刀人接下来的话让她们大吃一惊。

"老乡，这刀先不给钱，我赊给你们拿去用，什么时候你们日子好过了，宽余了我们再来收钱。"

什么？女人们以为自己听错了。卖刀人又说了一遍，女人们还是不信，于是把屋里玩得正欢的男人们叫出来。连我们也被惊动了，光着身子就往回跑。

男人女人跟卖刀人又聊了好一阵子，反复追问，才最终确信了卖刀人的话。

有人故意问："要是我们的日子一直不变好，是不是就可以一直不给你们钱呢？"

卖刀人正色说："当然，都说过了嘛。不过，怎么能说日子不变好呢，一定会变好的！"

最后，每家的女人都赊了一把，有的女人想多赊一把，卖刀客却不让。

太阳还是那么的火辣。卖刀人收拾好剩下的刀，整理好担子，顶着烈日远去了。一院子的男人和女人便谈论着卖刀人的刀和他赊刀的事。

二十多年后，奶奶还时不时地念叨："还欠着赊刀人的刀钱呢！"

每当奶奶念叨时，我也就记起来了，从那以后，我们一直等着，但一直不见赊刀人来。最初，我们以为赊刀人嫌我们的日子不够好，可是后来我们的日子已经好了，还是不见他们来收刀钱。

我问奶奶："赊刀人为什么肯轻易地把刀赊给我们呢？"

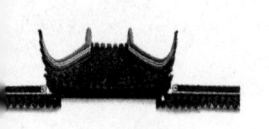

奶奶一脸疑惑地说:"不知道哇,可能那时候人与人之间的信任就那么简单吧。哎,无原无由地就欠了别人的钱!"说完,她无可奈何地叹了口气。

四十多年后,奶奶生命走到了尽头,弥留之际,还念叨着:"还欠着赊刀人的刀钱呢!记着一定要还给他们。"

我只是狠狠地点了一下头,没有告诉她,当初的赊刀人都比她的年纪大呢,也许根本来不了了。

五朵云

"天上飘着五彩云,地上长着五朵云。五彩云儿五道彩,五朵云儿一片青……"

山坡上飘来一阵清婉的歌声。顺着歌声望过去,是一蓝一红两位少女。蓝衣少女背着背篓,正在山坡上扯猪草。红裙少女空着手,只是跟在蓝衣少女的背后,偶尔扯起一把草,也放在蓝衣少女的背篓里。

"什么是五朵云?"

"喏——那种绿色的草。"蓝衣少女把手指向了不远处。

红裙少女顺着蓝衣少女指的方向看去,不远处的地里有一大丛绿得发亮的草苗。

蓝衣少女叫长秀,正在自家的地里扯猪草。红裙少女叫晓婕,是长秀舅舅家的表妹,暑假来这里跟她玩的。

小时候家里穷,唯一的读书的机会给了晓婕爸爸,长秀妈妈则被迫辍学了。后来,晓婕爸爸进城工作,长秀妈妈则留在了农村。这次暑假,爸爸特意把晓婕送到姑妈家来住一阵子。

晓婕小跑几步,到了草苗跟前,拔起一棵。

那是一种很好看的草苗,粗粗的草茎总是分成了五道,每道茎的顶端,是五片圆形的叶子,四面张开围成一个圆形,像极了堆积在一起的五片云朵。

晓婕想:"这应该就是五朵云名字的由来吧?"她一边想一边就要把手中的草苗往长秀的背篓里扔。

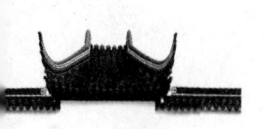

长秀却一下子闪开，急忙说："不要！这种草有毒！"

晓婕怔住了，手握着草苗，问："不会吧？"

长秀说："晓婕，这是真的，猪吃了这种草会被毒死的。"

晓婕还有些不信，喃喃地问："这么好看的草苗，怎么会有毒呢？"

长秀说："老辈人都这么说。关于这种草，还有一个故事呢！"

然后，她给晓婕讲了起来。

从前，有一对夫妇养了五个女儿。姐妹五个长得很漂亮，是这对夫妇的心头肉。但这五姐妹的身上都有一个致命的缺点。老大贪婪，老二自私，老三狭隘，老四嫉妒。特别是老五，对人刻薄狠毒，最不讨人喜欢。开始，夫妇俩为人尚好，邻居们看在他俩的面子上，关系还不错。后来，随着五姐妹的缺点越来越严重，邻里关系起了变化，大家慢慢地不再来往了。夫妇俩渐渐老了，五姐妹每天只知道钩心斗角互相算计，谁也不管父母。终于有一天，夫妇俩由于长期得不到照顾，病饿而死。父母死后，五姐妹谁也不管，还是邻居们看不下去，主动帮忙把夫妇俩葬到了山坡上。下葬时，五姐妹还在山坡上为谁应该多分一点家产而争个不停。突然天空降下一朵乌云，将五姐妹团团裹住。等乌云散后，五姐妹不见了，山坡上长着一棵从来没有见过的青绿色小草，样子像极了裹住五姐妹的云朵，人们把它叫作五朵云。并说，这草是五姐妹变的，草里带有五姐妹身上的缺点，所以有毒，扯猪草时千万不要这种草，否则会把猪毒死的。

这么好的草却不能作猪草，晓婕觉得太可惜了，拿在手里看了好一会才把它扔掉。

没过几天，长秀家就发生了一件大事。长秀妈养的那头一百多斤重的大肥猪，哼哼唧唧叫了一晚后，死了。长秀妈把长秀扯回的猪草翻了又翻，终于拣出了五朵云叶子。

长秀妈拿着棍子发疯似的追打着长秀："打死你个害人精！打死你个害人精！没想到你人儿不大却心肠狠毒，要如此祸害我家！"长秀一边躲闪着，一边哀叫着。

晓婕被吓坏了。她从姑妈的话中已隐隐听出，姑妈虽然打骂的是长秀，但针对的却明显是自己，好像怀疑自己故意扯了五朵云害死了她家的猪。晓婕心里既委屈又不安，惴惴地一夜无眠。

第二天一早，晓婕被匆匆赶来的爸爸接回去了。走时，晓婕意外地发现，表姐长秀没在，不知道上哪儿去了。她走过山坳再次回望，依然没有看到长秀。心里顿时感到万分失落。

晓婕这一走竟然从此再也没有见到长秀，她既没有再到过长秀家，长秀也没有再来找过自己。好像在她的生命里，就根本没有这么一位表姐。

二十多年过去了，长秀和晓婕都已长大，然后各自成家，有了自己的孩子。

一天，长秀家来了一个小姑娘，一口一个姨妈地叫着长秀。小姑娘即使不说，长秀也知道她是谁——那眉眼，那模样，不是小时候的晓婕还是谁？

长秀异常高兴，小姑娘正是晓婕的女儿。长秀问："孩子，你叫什么名字？"

小姑娘说："我叫五朵云。"

长秀皱着眉问："你妈妈怎么给你起了这么个名儿？"

小姑娘说："妈妈说她非常喜欢五朵云，所以给我起了这个名字。"

长秀问："你知道五朵云的含义吗？"

小姑娘说："知道，妈妈讲过五朵云的故事。从前有户人家有五个女儿，都很漂亮，更难得的是她们每人都具有一种美德。老大真诚，老二和善，老三宽容，老四贤淑，老五温良。五姐妹感情也非常深厚，一直生活在一起，不愿意分离。后来，天

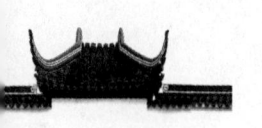

上飘下一朵五彩云,要接姐妹们上天变成仙女。姐妹们乘着五彩云上天了,而五彩云停落的地方,就长出了一种像五片云朵的美丽小草。"

这个故事跟长秀知道的故事完全不一样。长秀一怔,她告诫小姑娘:"这草有毒,不要随便去采!"

小姑娘急忙争辩:"没有毒的!妈妈说她小时候吃过……"

那次,晓婕从长秀家离开以后,坚信五朵云是没有毒的,姑妈家的猪绝不会是自己毒死的。她想起自己的遭遇,越想越难受,便采了一棵五朵云吃了,看看到底会不会有毒。

长秀号啕大哭起来。小姑娘慌忙叫道:"姨妈,咋……咋的啦?我……我不采五朵云就是了!"

放排的汉子

雨后，河里起了厚厚的一层浑水，正是放排的好时候。

忠叔赶着木排，要趁着这股浑水把木排送到下游几百里之外的城里。

忠婶向着河里喊："小心点，早去早回！"

忠叔吆喝一声："晓得咧！婆娘，走完这一趟，给你买花布做衣裳。"

又大声地对我说："剑娃，把你婶儿看紧一点，莫让野猫野狗进屋叼走了，忠叔买糖给你吃哟。"

忠叔一向疼我，他交代的事当然要做好，况且还会买糖给我，于是我答应一声："晓得咧！"

忽然耳朵一阵生疼，原来是忠婶揪住了。

忠婶一脸怒容："你个小王八蛋晓得个屁！"却又向着忠叔吼道，"少贫嘴，安心放排！小心进了乱石潭变成鱼。"

"晓得咧！"忠叔拿铁叉左一撑右一撑，十来根巨木做成的排子便压平了滚滚的浊浪，向着下游顺流而去，河上只留下一串哈哈大笑声。

忠叔这一去便再没有回来，忠婶号啕大哭一场，跌跌撞撞奔向乱石潭。乱石潭是这一带最凶险的水潭，十几个人在乱石潭搜寻了五六天，也没有找到他。

忠叔呢？忠婶叹口气，用手摸摸我的头，睁着失神的眼睛说："你忠叔在乱石潭变成鱼了。"

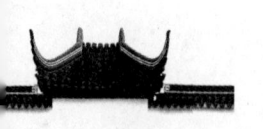

我不能想象变成鱼的忠叔是啥样子,他还会买糖回来给我吃吗?

终于有一天,我摸到了乱石潭边,想要看看忠叔变成的那条鱼。

我趴在石头上看着,果然,水里有许多鱼儿游来游去。哪一条鱼才是忠叔呢,那条最大的吗?就见那条鱼径直向我游来,在我脑袋下的水里摇着尾巴游来游去。在晃动的水波里,那条鱼渐渐地幻化成忠叔的脸,跟我说:"嗨,剑娃!"

我正看得出神,突然身子骨碌一滑就掉到了水里。我只觉得眼前一黑,冰凉的水里像有无数只手抓住我,紧紧地,把我往水底拽,我都要喘不过气来了。

正在心慌意乱的时候,听到一声骂:"死鬼,连小孩子都不放过吗?"朦胧中,就见那条大鱼游了过来,托着我出了水面。

我慢悠悠地睁开了眼睛,忠婶正抱着我焦急地看着。我吐了吐嘴里的水,轻轻地说:"婶,忠叔不是死鬼,真的是鱼,就是他把我托上来的。"

老虎的屁股

虎妈对小虎说:"不要让人摸自己的屁股,如果有人胆敢这样,就要毫不犹豫地咬死他。屁股是老虎的尊严所在,是摸不得的,这是老虎的规则。"

那时,总有人或偷偷摸摸,或公然肆意地闯入老虎们的领地,老虎们或躲避,或反扑,坚决不让闯入者摸到自己的老虎屁股。在人虎的较量中,虽然不断有人和虎受伤或丧命,但这样的情况却丝毫没有停止,一直在持续着。

后来,老虎们被人捉住,有人走近,就要摸老虎的屁股。老虎们怒目而视,龇牙咆哮,极力地反抗。但老虎们的居住环境变得十分恶劣,他们被装进了铁笼子里,铁笼子的空间有限,限制了他们的反抗。有人就拿了鞭子,开始对老虎们进行抽打。更要命的是,老虎们的食物掌握在人的手里,他们故意不给那些不让人摸屁股的老虎们食物,用饥饿来惩罚老虎们。如此,一个月,两个月,三个月,老虎们不得不养成了让人摸屁股的习性。

后来,虎妈对小虎说:"如果有人想要摸你的屁股,让他摸就是了。"

小虎不解地问:"不让人摸屁股,不是老虎的规则吗?"

虎妈叹了一口气,说:"摸老虎的屁股是人的规则。人是一种可怕的动物,他们改变了老虎的规则。"

渐渐地,老虎们习惯了人的规则,任人摸着自己的屁股。

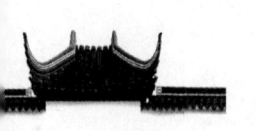

老虎们也渐渐地过上了好日子，因为被人们摸了老虎屁股，人们一高兴，便投给老虎们切好的肉块。

这样过了一些时候，渐渐地有人不满意了，觉得老虎们这样温顺地任人摸屁股，一点都不好玩儿。

老虎们又换了居住环境，住上了大园子，园子里有假的小山和树林，有点像老虎们过去居住的地方，园子用高高的围墙围起来，老虎们出不去，但可以在园子里自由自在地活动。人们只是隔着围墙远远地看老虎，不再靠近老虎并随意摸老虎们的屁股了。

老虎们的食物也有了变化，不再是切好的肉块，而是牛羊等活物。老虎们为了吃到食物，必须要自己全力追逐抓捕。渐渐地，老虎们恢复了昔日的野性。

这天，从园子的围墙上突然掉下一个人来，老虎们看到园子里天降活物，习惯性地扑了上去，一只老虎一口咬住了那人的脖子。

正当园子外围观的人群乱成一团的时候，一声枪响，那只叼着人的老虎倒下了。

老虎们赶紧逃散。过后，从纷乱的人群和虎群里终于了解到事情的经过。原来是有人想摸老虎屁股，偷偷地从围墙上翻过来，不小心掉进了园子里。

小虎紧偎在虎妈身边，惊魂未定，喃喃地问："为什么总有人一定要摸老虎的屁股呢？"

虎妈不知所措，看着园子里一人一虎的尸体，茫然地说："摸老虎屁股是人永远无法消除的一个欲望，这个欲望无视老虎的规则，也无视他们自己的规则，具有极大的破坏力，以至于造成今天虎死人亡的恶果，真是太可怕了！"

跳不跳

汽车靠近道边，朱小涛使劲踩下右脚，只听到轮胎和路面尖锐的摩擦声，车子剧烈一震，猛地停住了。他顾不得车子剧烈震颤带来的呕吐感，拉开车门，一闪身从车里钻了出来。

朱小涛快步走向道边，扶住栏杆向前望。这是一处海湾大桥，他现在所处的位置，正是大桥的顶部最高处。

他把手撇开栏杆，刚想跳下去，却又有些迟疑。

"要不要跳下去呢？"

大桥有二十多米高，朱小涛觉得似乎置身于半空云天里。白云从眼前飘过，大桥摇摇晃晃向后倾斜，不停地往下陷落。海风正掠过桥栏杆，发出呜呜的响声，极像一只受伤的野兽在怪啸，令人毛骨悚然。朱小涛感到了一丝恐惧，背心里已渗出汗来。

"到底要不要跳下去呢？"他犹豫不决。

桥下是茫茫的海浪。从上往下看去，浑浊的海水带着泡沫，白花花的一片，肆意吞噬着桥下的一切，令人头晕目眩。朱小涛的脑袋里嗡嗡作响，像是被谁狠狠击打了一样，面前可是名副其实的万丈深渊呢，自己连同大桥，正在急速向下坠落。朱小涛心底涌起一丝隐隐的绝望。

"跳，还是不跳呢？"朱小涛觉得心里硌得慌，疼得眼角快要渗出泪来。

岸边已渐渐露出黑色的礁石，尖尖的棱角如巨兽的利齿一

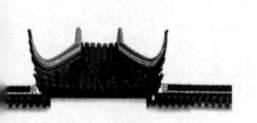

般，让人胆战心惊。其时正处于退潮时分，看来要不了多久，桥下的海水便会全部退去。朱小涛记得，这一带海湾的岸边全是这样的礁石。

不好，退了潮就无法再跳下去了，不能再犹豫了！

"跳下去！"朱小涛向桥栏外纵身一跃。

一分五十七秒前在大桥上跳海轻生的小女孩得救了！

半　黄

　　他在麦地旁一边走着，一边抑制着心喜。麦子半黄了，今年的麦子穗大籽满，眼见得又是一个丰收年。辛苦没白费啊，他长长地吐了口气。

　　接壤的是他邻居的一块麦地。但这位邻居的运气似乎不太好，麦子穗短，籽粒小很多，明显不如自家的麦子。

　　他替邻居惋惜起来。心想这一地麦子如果再好一些，不知要增产多少呢。咋种的地呢？要么是地耕得不深吧，要么是种选得不对吧，要么是肥施得不够吧。他把答案在心里反复滤着，以便留下最正确的回去说给邻居，让他再种时改进。

　　他一边猜测着一边往前走，不过到底也没有想出确切的答案，后来也就不想了。

　　终于在他的麦地的另一边，他看到了另一块麦地。

　　这块麦地也是邻居的。但这一地麦子却长得很壮实，穗抽得老长，籽也特别饱满，远远超过了自家的麦子。成排的麦株高傲地看着自己，犹如看一个可怜的病人。

　　他心里突然一阵莫名地疼痛，既而有些不平。他觉得不应该是这样，自家的麦子绝不应该比这位邻居的差。

　　他想，肯定是他的这位邻居破坏了自家的土地，或者是偷换了自家的麦种，或者是利用雨水把自家地里的肥料全引到了他的地里。他想到了好几个答案，后来又一一否定了这些答案。他觉得每一个答案都有可能，又觉得每一个答案都好像不是。

他就这样愤愤地走着,直到走过了他自己的地和这位邻居的地。

突然身后"扑"的地一阵声响。他回头一看,一大群麻雀不知从哪里飞来,落进了邻居家的麦地里。

心里像被狠狠地揪了一下,他立刻转身,朝着麻雀们使劲地挥起了手。

谎 言

她对他说,我很好。怕他不信,又补充了一句,真的。

于是他笑笑,看得出,他十分相信她说的话。

他知道她说的都是谎言,他看过病历,她的情况十分糟糕。

他对她说,你会很快好起来的。怕她不信,又补充了一句,真的,医生说的。

于是她也笑笑,看得出,她十分相信他说的话。

她知道他说的都是谎言,她偷偷地看过病历,明白自己的情况一直都在恶化。

他和她彼此都明白对方知道自己说的是谎言,只是,他们彼此都没有被骗的感觉。

第二辑 尘烟漫

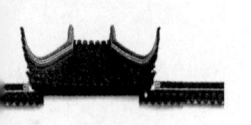

那年端午

那时，我刚创业失败，她刚失去工作，一个偶然的时候，我们网上相遇，交谈之下一拍即合，产生了共同创业的想法。

于是，我来到她的城市，和她开起了这家小店，出售小商品。我们都是刚做这一行，还不懂行情，边干边学。她倒是信心满满，只要进了店，脸上便全是笑意。

我们把店的一角隔出来做了厨房，自己做午饭。她每天最上心的事，就是如何做好这顿午饭，让我吃得好吃一些。

不觉到了端午节。这天，她带了粽子来，说家家都吃粽子，我们也要吃。粽子有好几种，艾香粽、腊肉粽、豆沙粽……每一种都很香甜。"是我做的，我做得可好呢！"她得意地说。我们一边吃一边聊，她说："我们一定会赚钱的。我找人算过了。"

小店的生意并未好起来，看着每天的营业收入，我心里越来越冰凉。她好像并不在意，照样每天一进店就换上了笑脸陪着我，直到关门打烊后回去。

撤离的时候已是第二年的端午节。一大早，她就带了粽子来。这一天，她的笑少了很多，话也少了。我知道她是不舍我们辛苦开的店经营不下去。其实还有一个不舍，我不说，她也不说，我们各自藏在了心里。

她红着眼睛说："你一定会赚钱的。我找人算过，说你会富贵的。"

最后她说:"别忘了端午节吃粽子哟!"说这话的时候,她的脸上又还回了笑。

从此我去了更远的地方,我们再也没有见过面。

但每年的端午节她都要问一句:"你吃粽子了吗?"

我便想起那年端午,不好对她说没吃,也不想骗她,只好吃一点,以便心安理得地回答:"我吃过粽子了。"

第二辑 尘烟漫

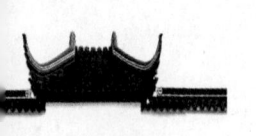

局外人

"我快疯掉了！"徒弟陶天天在微信上对我嚷嚷。

这个徒弟，她又怎么了？

陶天天正跟我学习写作，是我徒弟，称我为师父，我们圈子里都这样称呼。她本来在一国企作财务总监，是一份要把人羡慕死的工作，无奈最近迷上了写作。因我在圈子里小有名气，所以她找到了我，非要拜我为师不可。

我回了她一个微笑的表情符号，最普通的，不冷不热，算是未置可否。刚学写作的人，总是少年不识愁滋味，为了某个人物、某段情节，甚至为了一个词语一个句子而无端地生出烦恼，也是常有的事，根本管不过来。

但她打开了话匣子却不肯收住。

"那个疯女人，非说公司欠她钱，在我们财务部办公室大吵大闹。"

她的话大出我的意料，我随口问了一句："究竟是什么情况呢？"

其实即使我不问，她也会继续说下去。这个徒弟，如果心里有话，是绝对不会憋在心里的，不让她说出来，她一定匣不住自己的嘴巴。

"她原来是公司的聘用人员，上个月被公司解聘，非说公司没有把补偿款给够，现在来公司吵着要补偿款。可是公司已经按规定足额补偿给她了。"

我以前在外打工，没少有过类似的经历，所以忍不住问了一句："是不是真的该给的都给了呢？要不然她怎么会如此呢？"

陶天天似乎很委屈："师父，真的给了呀，你还不相信你徒弟吗？"顿了顿她又说，"不过那女人也真是可怜，单身，又带着一个孩子。"

一个单身女人，又带着孩子，现在又失去工作，其艰辛程度可想而知。她如今来公司讨要补偿款，也许是公司真的还欠着她，也许公司真的已不欠她的了，她只是来无理取闹以求得更多的补偿。不管哪种情况，都足以让人心里五味杂陈。

我只是淡淡地说："不管她有理无理，对别人态度要好一点。"

陶天天"嗯"了一下，便再没发信息了。她就是这样的一个人，来得快去得也快，肚子里的话倒完了，也就消停了。

过了几天，陶天天又在微信上给我发信息："那个疯女人又来了。"不过我明显感到她的语气已不似最初那么强烈，像是一位邻居向我讲述自己油盐酱醋的家务事。"她来我们的办公室，又提到补偿款，不过这次没有大吵大闹。我们也不理她，她就自顾自地反复说个不停。"

又过了一阵子，大约是一个月后吧，陶天天又在微信上跟我讲："那个疯女人又来了，她进了办公室，却什么话也不讲，就那么静静地坐着。她来的时间间隔越来越久，表现也越来越平静，我相信终有一天她的疯性会被磨掉，不会再来。"

果然，此后陶天天没有再跟我说疯女人的事，看来后面的情况真的会如陶天天所说，疯女人终于磨掉了自己的全部疯性，不会再来了。

但疯女人的事情却被我牢牢地记住了，我的脑海里常浮现出这样的画面：一个三十多岁的女人，蓬着头发，满脸憔悴，在一间豪华的办公室里大喊大叫，一个十来岁的小男孩怯怯地躲在她的身后。

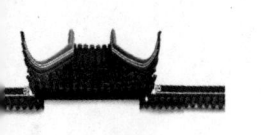

八九个月后的一天，我在微信上问陶天天："那个疯女人的情况怎么样了呢？"

陶天天回了一个惊讶的表情，马上问："哪个疯女人？"

我说："就是你以前说的，在你们公司吵着要补偿款的那个。"

陶天天恍然大悟："她呀？早就没有再来了，我都已经忘记她了——师父，没想到你一个局外人，却把她记得那么深！"

我没有再对陶天天说什么，因为我确实只是一个局外人。对疯女人的遭遇，我无法判断谁是谁非，对疯女人的难处，我无法提供任何帮助。对我来说，那永远只是一个毫不相干的疯女人。

我慢慢地删掉了在聊天框中打出的这句话："对他人的遭遇和苦难，自己也许可以心安理得于爱莫能助，但绝不可以不去感同身受。"

盛　宴

　　山下溪边的草地上，三人正围着一口用石块支起的锅。柴火贪婪地舔着锅底，锅里冒着阵阵的热气。

　　走近，却看清锅里炖着的，是满满一锅羊肉，看似已快炖熟，热气里混合着浓烈的羊肉香。

　　三人一边看着锅一边说着话。

　　一人直嚷嚷："林河，这就是你要请我们吃的盛宴？"

　　另一人接着嚷："把我们从城里叫到这深山里来，就拿这个招待我们，也太不够意思了吧？"

　　叫林河的那人用手掌扇着热气，笑问："不香吗？"

　　两人回答："香。"

　　林河说："这是我亲自养的羊。"

　　两人惊讶地问："什么？你小子半年不见，就是在这深山里养羊？"

　　林河说："是啊，当初答应要请你俩吃一场盛宴的。"

　　两人紧问："你的盛宴就是这只羊？"

　　林河故作神秘："这可不是普通的羊，这是只60万元的羊。"

　　一人撇嘴："什么羊60万元？用黄金做的？"

　　林河盯着那人的眼睛。"怎么？你俩答应给我投资60万元，反悔了？"

　　两人齐声说："我们兄弟啥时反悔过？还是那句话，只要有

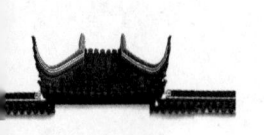

好项目。"

林河得意地说:"当然有,我亲自养了这只羊,今天请你们来,就是让你们看看山羊养殖就是好项目。"

两人作委屈状。"想要投资,那你答应的盛宴就不能失言哪!"

林河用筷子从锅里夹起一块肉,哈哈一笑。"60万元的羊肉宴,不是盛宴吗?不吃别后悔!"

两人急忙一边拿碗筷捞一边说:"吃,吃,不吃我俩傻呀!"

林河打趣:"别小气,不是给我投资。"

"那是给谁?"

"这里的乡亲们。我来这里是任第一书记,帮乡亲们脱贫致富的,你俩带着他们一起养羊。"

老 牛

第一次到舅舅家,我们坐在火塘边聊天。火塘旁边还坐着一个男人,四十来岁,睁大眼睛盯着前方,很安静地听我们的谈话,偶尔插一下嘴。

表弟说:"他是瞎了。"说着伸出手在那人面前晃一下。那人也不恼,只微微笑着。

表弟说:"这是院子里的兴叔。"

那天,舅舅要去场镇赶集,顾不上磨面,在屋里念叨了这事。舅妈说:"跟老牛说行不?"舅妈的话让我不明白,乡下磨面都是用大磨,把牛绑在磨杆上,蒙了眼睛,用荆条抽着它走,怎么要跟老牛说呢?再说,舅舅家也没有养牛呀!不过,我当时没有多想。

后来正逢农忙,舅舅一家忙着下地,我和表弟都要去地里帮忙,家里零碎活根本做不过来。有时说起活儿不免着急上火。一次正愁又没面粉,兴叔对舅舅说:"不要着急,老牛在家里呢,把麦子放磨坊里就行。"晚上,我们从地里回来,面粉已磨好在磨坊里放着呢!

我有些纳闷,难道兴叔还养牛?

我瞅了院子几家人的畜圈,哪有什么老牛!我把疑问对表弟说了,表弟说:"老牛就是兴叔,人们都叫他老牛呢。"

我问:"为啥呢?"表弟也说不明白。

我问兴叔:"他们咋叫你老牛呢?"

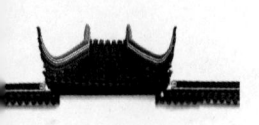

兴叔并不回答，只是笑笑。

我又去问舅舅。舅舅说："你别这样问——你是客人，他不跟你计较，换作别人他会急的。"

舅舅接着说："兴叔自小瞎了眼，生活不能自理，靠院子里的人家帮衬。可他是个要强的人，不愿平白受人恩惠。他能做的就是磨面了，谁家磨面他都主动承担。他干了牛一样的活，乐意别人叫他老牛，那样就觉得自己还有用呢！"

有鲜花的爱情

县城南郊滴水村的富家女小琴要相亲了！这消息像一阵风吹遍了滴水村的每一个角落，成为滴水村最大的新闻。

小琴的父亲吴贵社，经营着家传的老店钰睿坊，家资颇巨，是滴水村有名的大富豪。独生女小琴两年前省内某重点大学毕业，相貌秀美，是滴水村待飞的金凤凰，不知多少俊男才子倾慕着呢。小伙子们只是怯于小琴那么好的家世，而不敢轻易造次。

不过这次小琴的条件只有一个：只要有鲜花的爱情。

"真是知书达理，没有嫌贫爱富和门当户对的旧观念。"

"念过大学的女孩子就是不一样，不爱财富，只爱浪漫。"

如此简单的条件倒是让小伙子们笑成了一朵鲜花。北去一里多地就是县城，虽然只是一个县城，却也十分繁华，买花自然不成问题，要什么样的鲜花，就有什么样的鲜花，还怕娶不到小琴吗？小伙子们按捺不住了。

最先行动的是村东的大牛。他已暗慕小琴好几年了，这次终于有了机会，哪肯轻易错过，一大早就跑去县城买花去了。不过片刻工夫，大牛便捧着一大捧玫瑰花回到了村里，可巧在村里遇到小琴，便把玫瑰递到了小琴面前。

小琴怔了一下，接过大牛的玫瑰花看了看，咯咯地笑了。

大牛涨红了脸："这么好的玫瑰，不正是你要的鲜花吗？"

小琴止住了笑，认真地说："大牛，这不是我要的鲜花，再

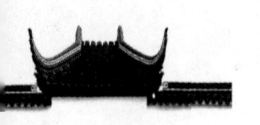

好的玫瑰，也会很快变成烂泥的。"

大牛扔了玫瑰花，失望地走了。

大牛的玫瑰花碰了壁，人们这才知道小琴要的鲜花没有那么简单。村西的二虎思索再三，然后出门。他满城转了好几天，走遍了县城的每一个角落，寻遍了县城的每一个花店和园艺公司。功夫不负有心人，终于在一家园艺公司看到一株奇特的花，叶子如透明的玉片，花瓣如纯色的黄金，一看就知道是非常罕见的花种。老板说："这叫金兰花，全城就这唯一的一株，我费了老大劲才收集到呢。这种花虽然金贵，但也好养，只要用花盆养着，就会一直生长不会死去。"

既然是全城唯一的，当然是最好的了。二虎也不管价格高昂，咬着牙赶紧买了下来。

当二虎捧着这株金兰花出现在小琴面前时，小琴果然眼前一亮，捧着金兰花看了又看，嗅了又嗅，一副爱不释手的样子。

二虎一看有戏，欣喜万分，赶紧在心里酝酿向小琴表达的语句。小琴看了一会儿，却把花又还给了他。

"二虎，这也不是我要的鲜花，这花虽然名贵，但不适合滴水村，更不适合我。"

二虎求婚的话还未说出口呢，就被小琴一盆水浇灭了心中的热情。怏怏不乐地拿着金木兰走了。

二虎求婚也失败了，人们不知道小琴葫芦里卖的什么药，再也不敢有人登门尝试。

不觉到了来年春天。这天，同村小伙天成来到小琴家，也要跟小琴求婚。

天成跟小琴其实是大学同学，不过人们并不看好他，因为天成毕业后，从不去找份正经八百的工作挣钱，整天猫在自家的几亩坡地瞎刨弄，也不见划拉出半粒粮食，就这样一事无成的混着。

小琴看到天成，却是眉眼含笑，脆生生地说："天成，我的条件你是知道的吧，你也有鲜花吗？"

天成笑了笑，说："有鲜花呢，没鲜花敢上你这儿来吗？"

小琴故意脸色一沉："那你的鲜花呢？"

天成并不在意，继续笑："要鲜花得跟我去取，走吧。"然后带着小琴望外走。

小琴跟着天成走着，不一会儿就到了天成家的坡地。小琴只觉得眼前一亮，只见天成家的这几亩坡地里，套种着柠檬树、银杏树、桂花树，约有上万株，柠檬树正是繁花怒放，一团团白花恰如盖上了一层厚厚的棉絮。而银杏树也是花蕊初现，含苞待放。桂花树长势正好，蓄势待发，看样子花开满树已没任何问题。小琴看得呆了。

天成问小琴："这是不是你要的鲜花？"

小琴惊讶地问："天成，你咋种了这么多的花呢？"

天成笑吟吟地说："作为你的追求者，哪能不懂你的心思呢？说吧，这些花迎娶你够不够？"

小琴嘴一噘："臭美，我钰睿坊八百多箱祖传的优质蜜蜂做嫁妆，还亏得了你咋的？"

天成惊喜地说："小琴，你这是答应我喽？"

哪知小琴很干脆地回答道："还不行！"

天成热起来的心一凉，急问："还需要啥，你说呀！"

小琴眉毛一挑："二虎那一盆花少说要花去他好几万，你跟园艺公司的郭老板那么熟，不帮他退了，我们就这样在一起你能心安吗？"

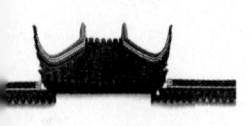

和一条蛇对视

一条蛇！

一条很大的蛇，在岩上的一个洞口下挂着，约有杯子般粗大，褐色的身子，尾巴缠绕在洞口旁裸露的树根上，身子就那么下垂着，却又高高地扬起蛇颈，蛇头直直地对着我。

初见大蛇，我着实吃了一惊。那家伙就那样一动不动，脑袋上满是狰狞可怖的纹，一双蛇眼紧盯着我。

虽然只是短暂的惊慌，但我发觉自己已犯了致命的错误。人一旦惊慌了，就很难镇定下来。

我开始感觉到风，微弱的风，弱到不易觉察，却又分明感觉到一股力量袭向自己。

风里带着凉，不易觉察的凉，身上明明被阳光炙烤得发烫，却又骨子里透着森森的寒意。

我想退，但身后还是悬崖，别说退，动一下都危险。

身临绝境，我反倒渐渐镇定下来。既然无可退缩，何不勇敢面对？

心里最后一丝慌乱消失之后，我终于将自己的目光迎了上去。

那蛇睁着一双圆眼，眼里闪着光，幽邃，迷离，深不可测。我一边和它对视，一边努力搜索蛇眼深处的含义。

诱惑？蛇蝎美人将和我演绎一场艳遇？

警告？神怪化身大蛇欲阻止我继续进行？

或者什么都不是，就是一条蛇，和我来一场莫名的对视？

我正想得出神，一阵尖锐的声音在岩上响起："当！当！"是同伴用钢钎撞击岩石的声音。

我精神一振，那蛇却倏地停止和我对视，收回目光，蛇头扭动，急速窜往洞里。片刻，整个蛇身便完全消失不见。

三天后，岩上一阵巨响，乱石飞溅，尘土飞扬，这段山岩在巨响中崩塌。那蛇和岩上的洞也在巨响中烟消云散。

又过了几天，一条宽阔的公路横挂在山岩上，贯通山岩的两边。

第二辑　尘烟漫

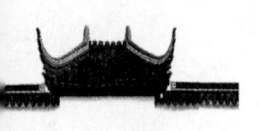

妈妈的数学

阿萍被派到红垭村任第一书记,一上任便投入了繁忙的扶贫工作,时间紧得不得了。

为了不落下工作,又不耽误照看女儿小菲,她只得把一些工作带回家做,晚饭后一边辅导小菲一边填那些表册。

小菲正读二年级,学习也不错,不用阿萍费多少心思,也正因为如此,阿萍才能够在辅导小菲的同时兼做自己的工作。

这天,小菲写完了作业,看着阿萍填写表册,正看着,突然叫起来:"妈妈,你数学不好哇?"

阿萍吃了一惊:"我数学咋不好呢?"

小菲说:"你写错了。"

阿萍问:"哪里写错了?"

小菲说:"电价明明是0.52元,可你写成了5.2元。"

原来,小菲家的电价是0.52元,小丫头一直记着呢。

阿萍想跟小菲讲清楚表册上的电价问题,可是又觉得无法开口,只好先哄小菲睡了。

红垭村的电力设备陈旧,管理也很不到位,电价确实是5.2元,这个问题很复杂,阿萍一时难以跟小菲讲清楚。

从此以后,阿萍在小菲的眼中就成了一个数学不好的妈妈。

这样过了一段时间。这晚,阿萍又填着电费单子,准备第二天交到供电所,小菲又嚷开了:"妈妈又错了!"

阿萍看着电费单,又看看小菲,笑吟吟地问:"怎么,又认为妈妈数学不好了？"

小菲疑惑地问："那怎么把电价填成了0.52元呢，不是5.2元吗？"

原来，阿萍决定由电力入手，推进红垭村的扶贫工作，通过大量的工作，早已完成了电网升级改造，电价已经降到了0.52元。

看着小菲一本正经的样子，阿萍心里乐开了花："鬼丫头，你哪里知道这些哟！"

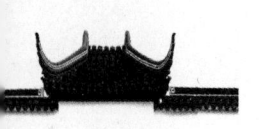

被囚禁的人

一群人将我围了起来，虎视眈眈地盯着我，想要打倒我，捉住我。

我反抗。可是他们人多，我手忙脚乱，还是措手不及。一根棍子击在我的腿上，我清晰地感受到从腿上传来的疼痛。

我继续反抗，但一切都已徒劳。他们摁住了我的手脚，绳索胡乱地套在了我的身上，勒着我的脖子，缚着我的双臂，令我动弹不得。反抗不得不停止，我被推进了一间屋子。屋子只有一扇很小的窗户，玻璃上扑满了灰尘，窗口加了拇指粗的钢条，显得黑而且冷。

他们给我脚上套上一条铁链，铁链的另一端就锁在窗口的铁条上，怕我跑掉。

但我不会停止逃跑，我没有做坏事！我使劲地拽那铁链，铁链擦着铁条哗啦啦地响，但铁条纹丝不动；我拼命地要挣脱脚上的铁链，但铁链硌着脚踝，愈加疼痛；我大喊大叫，但除了满屋子嗡嗡的回响，没有人再来搭理我。

过了不知多久，那个人出现了，是一个穿着破旧衣服的老妇人，她是我妈妈。我大声叫着她，要她放我出去。她却就那样站着，从窗口上用木然的眼神看着我。

静静的田野，碧绿的草地，一只小白兔悠闲自在地吃着青草，一切是那样的宁静、祥和。

突然，一个凶恶家伙快速地扑向了小白兔。那是大灰狼，小白兔有危险！我绝不容许善良弱小的小白兔遭遇任何不测，手持木棍冲了过去。

大灰狼带着伤逃走了，小白兔得救了！

我喃喃地向妈妈讲着小白兔的事情，可她只是迷惘地看着我，摇着头叹着气走远了。

我绝望地向着窗外望去，只隐隐地看到玻璃上，那个衣衫褴褛、蓬头垢面的男人那双无助的眼睛。

第二辑 尘烟漫

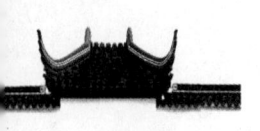

牙疼不是病

白建章捂着腮呻吟："唉——唉——牙疼得很！"他说得有些含混不清，但陈小香还是听清了。

陈小香说："牙疼不是病，疼起来要人命。你还是去医院看看吧！"

白建章"哦"了一下。陈小香见他不冷不热，也就懒得再多说一句话，出门上班去了。

白建章的牙齿出问题已经好几年了，松动，但却不疼。具体是哪天开始出问题，白建章已记不清了，只依稀记得是五六年前。那时白建章刚从单位辞职，在外东奔西跑地创业，有一次感觉几颗牙齿松动，无法咀嚼食物。但他没时间去医院检查。还有一个原因说不出口，他也没有余钱来治牙齿。好在这几颗牙齿不疼，对他影响不大，他也只好让牙齿先就这样了。

后来，陈小香在县城买了房子。白建章飘了几年却一无所有，也回到县城找了一份事做，过着要死不活的日子。

时间就这样一天天不咸不淡地过去，白建章每天出没在陈小香面前，小心且卑微。他已没有任何雄心壮志了，以前的梦想早消失殆尽。这辈子就这样吧，他常常在心里叹一口气，然后继续卑微地奔波，竟忘了牙齿的问题。

白建章本不想去，但确实疼得受不了。

离此不远就有一个牙科诊所，白建章决定去诊所看看。他想，既然是专门的牙科诊所，应该很容易治好。

他很快来到这家诊所。对着大街的落地玻璃窗内，几个穿白大褂的男女正忙碌着。进入诊所还得要转一个角，从另一边的一道门进去。

白建章来到门前，正要掏出口罩戴上，门口一个穿白大褂的女助手示意他不用戴。白建章拿出手机问："要扫码吗？"女助手抬起手臂往里一摇，意思是不用。

白建章走了进去。一个穿白大褂的男医生正忙着给一个病人检查，他一边用电筒照着那人的嘴，一边用镊子拨弄，顾不得搭理白建章。还有一个同样穿着白大褂的女助手也忙碌着，一边递纸巾给男医生，一边走来走去，也顾不得搭理白建章。

白建章见无人理睬，便自顾自地说："医生，我牙疼。"

女助手停住了脚步，指着屋里的另一把椅子说："坐过去。"

白建章便去坐了，像先前看到的那个病人一样，张大着嘴。

女助手也如那个男医生一样，照着电筒拿把镊子在白建章的口腔里拨弄了一会儿，然后说："你没问题。"

白建章吐着被弄出来的口水，说："疼……得很。"

女助手将镊子"啪"地一下扔进了工具盒，大声说："我都给你检查过了，全都好好的，没有问题，咋会疼啊？"

白建章很不满，心想："疼不疼我自己不知道吗？"他不再搭理女助手，在屋子中间站着不动，那意思，是要等男医生忙过了再找他看看。偏偏男医生一直拨弄着那位病人的嘴，不肯停下来。

女助手缓和了下来，说："再疼你就过来，我给你好好检查。"

白建章心说："现在就疼着啊！"但他却没有说出来，因为他已有了新的打算。

他从诊所出来，手机"嘀嗒"响了一声，他一看，是陈小香发来的微信："牙齿好了？回来吃饭不？"

好？白建章有些恼火，都说牙疼不是病，疼起来要人命，

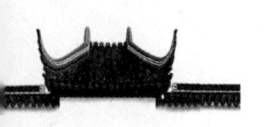

要这么容易好，还是个事吗？他回了一句："不吃，诊所没查出问题，我再去县中心医院查。"

县中心医院大约有两公里远，白建章到的时候医生已经下班了，他在走廊的椅子上坐下来。

走廊里空无一人。白建章想："这中午的医院还真是安静。"他这样一想，牙疼却加剧了。之前一直忙碌，忽略了牙疼，反而疼痛感减轻了，没想到这一停下来，疼痛感又明显了。

白建章想去走动一下，但有些累了，不想再动。他咧着嘴想："就这样疼着吧！"

熬了大约一个小时，上班时间到了。一位老医生进了诊室，白建章赶忙跟进去。

诊室里有一把椅子。白建章见跟上午在牙科诊所见到的一模一样，心里莫名其妙有了一丝不舒服的感觉。

老医生很温和地说："先说说是什么情况吧！"

白建章说："就是疼……"

老医生示意他坐下来。一手拿着电筒，一手拿着镊子，让白建章张开嘴，在嘴里拨弄着。

白建章感觉到老医生检查得十分仔细，手上用力也十分轻柔，每一颗牙齿都被镊子轻轻地夹过。

老医生检查完了，说："每一颗牙都没问题，可能是牙齿过敏，这不是什么病，所以没法开药。"

见白建章有些失望，老医生说："如果再疼，你去买支脱敏糊剂，也许管用。"

他撕下一张处方笺，很贴心地写下了"脱敏糊剂"四个字交给白建章。白建章的心里好受了一些，虽然老医生仍然没查出个所以然，但总算给了白建章一个新的希望。白建章需要的就是希望。

老医生说："这种脱敏糊剂不贵，在网上就能买到。"白建章想，那就尽快买一支试试。这样一想，好像已经用过了脱敏糊剂似的，牙疼立刻减轻了不少。

白建章回去时已是下午六点了。陈小香做好了饭，正等着他。

陈小香问："医生怎么说？"

白建章说："没找出问题，还是疼得很。不过，医生说可以用脱敏糊剂试试。明天我们就可以去办离婚手续了。"

陈小香白了他一眼，说："还离个屁！牙疼不是病，疼起来要人命，你现在这样，我要是跟你离了，别人不指责我是一个无情的女人吗？"

白建章愣住了。陈小香说："吃饭吧，你牙疼没法吃别的，试着吃点花卷。"

花卷是陈小香特意做的。白建章轻轻咬了一口，突然发现嚼着花卷，牙齿竟然一点也不疼了。

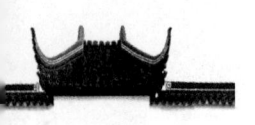

十八岁的江湖

右手刀左手盾，可攻可守，他认为这是最佳的武器组合了。

对手是一个江湖邪派的一流高手，招式展开，便凌厉而又狠辣，一杆霸王枪舞得密不透风，招招夺命，他有些招架不住。还好，他左手的盾硬如磐石，为他树起了一道坚不可摧的屏障。霸王枪砸在盾上，虽然力量十分霸道，迫得他有些站立不稳，但锋利的枪尖被阻于盾牌之外，也莫想进得分毫。

当他完全落于下风时，对手的招式也已使完，他的反击也就开始了。他右手持刀，一腔正义之气化作无穷的力量，凝于刀身。刀是普通的刀，但一直伴随他惩奸除恶，江湖人人敬畏，已具有非凡的声名和灵气。刀身挟势而进，若万钧雷霆，浑厚而迅猛，对手横枪来隔，竟不能挡。

他庆幸自己左手有盾，在最激烈的战斗中，护住了自己全身而退。只有在对手进攻时全身而退，方能在反击时给对手绝地一击。

果然，在自己全力反击下，对手后退，再后退，终于摔倒。现在，他只需要再前进补上一刀，就能赢得最后的胜利。

他右手持刀，左手持盾，傲然而立。血泊中，对手不停地哀号和抽搐……

父亲拍拍他的肩："今后，前面的路，就要靠你自己去闯了，最重要的是要有战胜一切的勇气和决心。"

他点点头,心里说:"我一定会的,我右手有刀呢!"

母亲担心地对他说:"一个人在外,要保护好自己,如果撑不下去了,就回家里来。"

他嘴里"嗯嗯"地应着,却在心里想:"不怕,我左手有盾呢!"

那一年他十八岁,高考落榜后去南方打工,要从此一个人走向自己的江湖。

第二辑 尘烟漫

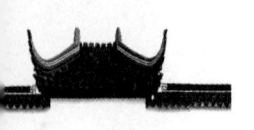

卑微者

老乡把他带到一个中年胖子跟前,对他说:"这是老板。"

他怯怯地叫了一声:"老板!"

老板其实正在跟一个人谈话,转过头看了他一下,嗯了一声,说:"好好干吧!"便又转回头去,继续跟那人谈话。

他还想说什么,但老板表现出无心听的样子,他便有些不知所措。

老乡对他说:"走吧,我领你到住的地方去。"他便跟了老乡往工地旁边的一处简易板房走去。那是他们住的地方,他在那里安顿了下来。

晚上,工人都从工地回来了,工头来叫他,给他说明天要干的活,完了说:"要好好干,我们这儿不养闲人。"

他忙不迭地应着。

从此,他天天跟着他们,在工地上干活,他记着他们的话,干活很用心。

一天,他看到老板过来,觉得应该跟老板打个招呼,说句感谢的话,便放下手中的活计,站在那里叫了声:"老板!"

老板停下来,沉着脸问他:"你有事吗?"

老板这一问,他感谢的话便说不出口,于是涨红了脸呆呆地立着。老板的脸色更加难看了。

晚上,老乡把他叫到一边,大声说道:"你怎么回事呀,不是让你好好干吗?"

他十分惶恐，隐隐猜到可能跟白天有关，心里想辩解。但老乡并不容他辩解，继续说道："我是看老乡的份上带你出来，跟你说了要好好干，这儿不比自己家，我们身份卑微，只有好好干才待得住，你若不想干可以走人！"

他不敢再辩，心里有了一种悲哀，想哭。突然想起，出来有几天了，还没跟家里联系呢。

夜已深，他还在工地旁边的小卖部打电话："老婆，我很好……"

第二辑　尘烟漫

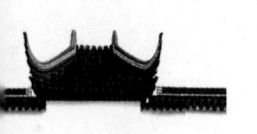

长贵家的大黑狗

小赵被派到五爱村任第一书记，回来向李主任汇报工作。

"工作太难做了！"小赵直奔主题。

李主任微笑着问："怎么个难做呢？"

小赵苦着脸："群众思想不统一，都只想着自己不松口。特别是有个叫长贵的，简直就是一块铁板，无论怎么讲道理，就是不开窍。"

李主任静静地听着小赵诉说，冷不丁地问："长贵家养狗吗？"

小赵有些意外，怔了一下说："有，一条大黑狗。"

李主任又问："狗咬你吗？"

小赵忙不迭地回答："咬，可凶呢，每次一去长贵家就胆战心惊。"

女同志天生怕狗，小赵说起长贵家那只大黑狗时仍然心有余悸。

李主任说："狗咬生人不咬熟人，跟它混熟了，它就不咬你了。"

见李主任并没有多说什么，小赵只好快快不乐地离开。

一段时间后，小赵再次向李主任汇报工作，李主任又问到了长贵家的狗。

"有时咬有时不咬，刚见到时咬一阵子，待一阵子后就不咬了。"

小赵已没有最初的惊悸，很显然，她已经不怕了。

这天，五爱村的新居项目正式启动，举行了隆重的奠基仪式，李主任带着王秘书也特意参加了。在奠基仪式上，李主任又问："长贵家的大黑狗还咬你吗？"

小赵一脸兴奋地说："早就不咬了，对我可亲热着呢。每次见到我就摇尾巴。"

李主任说："是啊，为了让长贵同意参加新居项目，你一共去了他家二十七次。二十七次，让你跟那条大黑狗混熟了，也让长贵的思想完全通了。"

"你怎么知道的？"小赵惊讶地问。

王秘书在一旁说："李主任也去了长贵家很多次，那条狗跟他也很熟呢！"

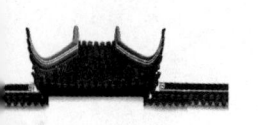

你还好吗

凌风站在天桥上,正午的太阳火辣辣的,灼得皮肤生疼。

他在天桥上已经有两个多小时了。自他从豪胜证券公司的大门走出来,就直接上了门前的人行天桥。

这座天桥是本市最壮观的一座天桥,经常在黄昏时分看到许多外地民工站在天桥上看风景,对着脚下的车流指点谈笑。

然而现在,天桥上没有别人,只有凌风。

凌风也在看车流,而且十分出神。他想,要是跳下去,淹没在这些车流中,该是怎样的感觉呢?

凌风突然想起了自己的那辆帅气霸道的路虎,心想,要是路虎从身上碾过,该是怎样的感觉呢?凌风叹了一口气。

这时,有一个人从街边上到了天桥。这人衣衫褴褛,看得出来是个乞丐,径直向凌风走去。

凌风也注意到了。可是,是施舍还是拒绝,是呵斥还是不理,凌风并没有多想,因为他已经没有心情想这些了。

乞丐走近凌风站住,两眼定定地看了一会儿,轻轻地说了句:"你还好吗?"

他的声音很轻,凌风觉得有些没听清楚,不过又好像听清楚了。

乞丐说完,再看了看凌风的眼睛,向天桥的另一边走了下去。

有些出乎意料,凌风心里被什么东西猛戳了一下,四下看时，已不见了乞丐的影子。

其实凌风不知道，当自己神情没落地从证券公司出来的时候，就被这个乞丐注意到了。乞丐看到凌风的神情，不知怎么的，本该乞讨的话却换成了一句问候的话。

"你还好吗？"正是这句不经意的问候，大出凌风的意料，触动了凌风，让他放弃了跳下去的念头。

凌风突然从天桥上追了下去，他觉得自己像是欠了乞丐的钱。

第二辑 尘烟漫

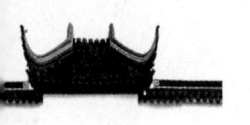

心　魔

心本无魔，魔从哪里来，他不得而知。

师父玄机子之言犹在耳畔：

你已学艺七载，尽得我真传。如今江湖风云再变，你当以一身所学，去制止江湖杀戮，维护江湖安宁，方不负我传艺之功。

于是他负剑告别师父，走出玄空谷，踏入江湖。

江湖本无路，路在脚下。可他脚下也已无路，前行的路已被两个帮派阻住。

金鹰帮和飞虎帮同为当今江湖最大帮派，如今狭路相逢。

双方恩仇已久，积怨深重，为这一战已准备得太久。如今双方更不容情，必是拼个你死我活。

刀光，剑影，哀号声中血肉横飞。

这就是师父要自己制止的江湖杀戮吗？他想上前，然而——残躯，鲜血，兀自在眼前交织，令他晕眩，竟似凝成一个魔影，进入体内，吞噬他的心。他突然浑身颤抖，迈不开脚步，全身力道莫名其妙地消失得无影无踪。

心魔！他骇然惊呼。师父告诉过他，一个人的体内同时存在两种力量，一种是自身固有的本真，一种是外因诱发的心魔。战胜心魔，本真才得以固守，自己才能真正强大。

可如何战胜心魔？师父并没有教给他。面对心魔的肆虐，他突然觉得好无助，想哭。

在玄空谷的这七年，他天天跟师父练功，受着师父的疼爱，玄空谷对于他，只有快乐，再无其他。如今所见惨象，他哪曾遇过？

突然他记起师父曾说过的话：魔由心生。魔由心生，他轻轻地反复念叨着。

他不再去理会心魔，让心变得空灵，脑海中闪现着跟师父勤练武功的情景，心魔竟渐渐地消失了，只有师父赋予自己的使命还是那样清晰地印在心里。

他大喝一声，抽出宝剑，执剑在手。

第二辑　尘烟漫

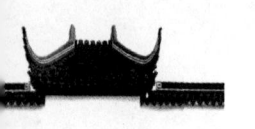

冬 至

夜已深，他推开门。

屋里亮着灯，灯光暖暖的，他便也感到身上的寒气倏然消失，由外到内的暖。

里屋的灯也亮着，他没有看到她，没有她的屋子，冷清而孤独。

他有些失落而疑惑。

他进了厨房，灶台上一个大土碗里，正冒着隐隐的热气，有一些香，飘进鼻孔。是羊肉汤！今天是冬至，他记着的。

她正斜坐在灶台旁边的椅子上，已经睡着了。灯光依然暖暖地亮着，照在她恬静的脸上。

他走过去，搁下手中的那盒还散发着热气的熟羊肉，拿开靠在她身上的拐杖，然后脱下身上的破棉袄，轻轻地披在了她的身上。

他回过头，自己带回的那盒羊肉和那碗羊肉汤紧紧地挨着，羊肉的香味已在屋里弥漫，说不清是那碗里发出的，还是那盒里发出的。

有偿陪聊

经过多年的打拼，我终于在城里买了房，理所当然要把老爷子接到城里享福。

住了两三天，老爷子便吵着要走，说在这里难受。老爷子在老家特能侃，是一个有名的话笆篓，跟左邻右舍的老少们天天有说不完的话，让他在这儿整天一个人待着，不难受才怪呢。

我说："别走了，我去找人陪你。"

老爷子噘着嘴说："你们城里不是对门不相识、邻里不往来吗，谁会陪我？"

我说："这你不用管，有人陪你就是。"

为了让老爷子舒心，我豁出去了，想到了一个有偿陪聊的法子。我硬着头皮跟小区里的几个老头商量，请他们陪老爷子去，上我家或者带他出来都可。只要老爷子高兴，不嚷着要走，我给他们每天四十元钱。

看在钱的分上，几位老头很爽快地答应了。不过，我让他们不要把钱的事说出来，怕老爷子心疼钱，反而更不高兴。

从此，每天我上班一走，这帮老头们就去找我家老爷子，老爷子果然不再吵着要走了，当然，我也每天按约定付给他们四十元。

这天，老爷子急性胃炎发作，我把他送到医院，医生说要住院几天。

第二天，小区那帮老头来找我了，愿意把我付他们的钱都

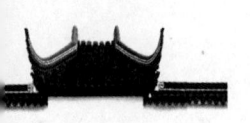

退还给我，要我把老爷子留下来。嗬，敢情他们以为我把老爷子送回老家了。

有个老头怕我不愿意，补了一句："我们愿意每天付你家老爷子四十元。"

原来，老爷子每天跟这帮老头吹些天南海北和乡野趣事，这帮平时连小区都不出的老头哪里听过，觉得新鲜得很，都上瘾了。

酸辣粉

他拉着她，经过一处经营酸辣粉的小吃摊，酸辣粉的香味扑来，似乎要浸透她婀娜的身体。

她用盈盈的眸子望着他说："我要吃酸辣粉。"

那时，酸辣粉是风靡小城的名小吃，挺好吃，一些恋爱中的男女吃碗酸辣粉，便是一件很浪漫的事情。他便让摊主来一碗，然后看着她馋馋地吃着。她吃得很是开心，尽情地享受着那怡人的香气，他便也跟着开心。不过，他不是为了那香气，只是因为看到她吃得开心的样子。

她跟着他，腆着肚子。他小心翼翼地拉着她，又一次经过这处酸辣粉小摊。他们融入那一街的香味里，她停下来，轻轻地问他："我想吃碗酸辣粉，可以吗？"

他看看她，点点头。摊主便盛了一碗递给她，她静静地吃着，他也在一旁静静地看着，任那一碗的香味在眼前聚散，或飘远。

这一次路过，他跟着她。那个酸辣粉的小摊还在，还是那个摊主。摊主显然忘记了她曾在此吃过他的酸辣粉，热情地向她招呼。

她没想到离开小城六年，这个小吃摊还在，想说什么，张了张嘴却又停住，轻轻地叹了一口气。

靠近那熟悉的味道，她下意识地想起每一次的路过，想起自己吃酸辣粉的情景。

是啊，六年了，足以改变很多事，比如这座小城，比如这座小城里曾经的一些人，不变的，也许只有一些记忆吧！

怔了怔，她回过头笑了笑，对他说："儿子，你想吃酸辣粉吗？"

热凉面

那年王石头离开青梅竹马的馨儿去外面的世界打拼,要给馨儿挣一份幸福生活,这一去就是七年。王石头回来时,小城已发生了很多变化,馨儿也成了阿庆嫂,和阿庆在小城里卖热凉面。

阿庆嫂的热凉面是小城有名的特色小吃。

王石头去吃了一次,一碗没吃完就撇嘴。

热凉面?又热又凉的面?呸!什么乱七八糟的?

阿庆嫂过去一看,王石头的碗里辣酱、蒜泥啥的都没拌匀。

自此,王石头再没去阿庆嫂那里吃热凉面。

王石头再见到阿庆嫂时,阿庆嫂正躲在店里抽泣,一个劲地骂,那个砍脑壳的……

阿庆嫂骂的是阿庆,阿庆卷了所有的钱跑了,留下阿庆嫂一个人。

王石头安慰着阿庆嫂,说自己会照顾她一辈子。

阿庆嫂泪眼汪汪地望着王石头,满是感激和热切。

王石头便要阿庆嫂关了小店,自己会养着她,不用她做任何事。

阿庆嫂想起跑了的阿庆,眼里的光一下子暗了下去,不肯关了小店。

热凉面?又热又凉的面?什么乱七八糟的!王石头见说不动阿庆嫂,便吵嚷着离开了。

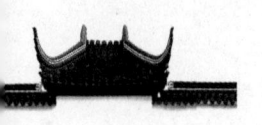

王石头再来阿庆嫂的小店，是因为听说店里来了一个男人。王石头突然记起上次离开后，已经很长时间没有来过了。

王石头看到了那个叫憨豆的男人，特老实，忙前忙后给阿庆嫂打着下手。

阿庆嫂端来一碗热凉面，亲自给王石头把调料拌好。

王石头还没吃，眼睛便红了，泪从眼角溢出。憨豆便过来问，是太辣了吗？

王石头一边往外走一边吼，滚！热凉面有啥好，又凉又热，什么乱七八糟的！

憨豆不敢应声，阿庆嫂追了出去，看到王石头用纸巾使劲地擦着眼睛。

喝果酒的年轻人

镇上来了个叫小郝的年轻人，要借住几天。老伴到县城儿子那带孙子，老蒋就自个儿在镇上住，乐得有人做伴，答应了。

吃饭时，老蒋问：喝不？

小郝看着老蒋手里的酒：喝呀，喝果酒。

老蒋喝酒都是镇上买，或瓶装或散酒，就是没有小郝说的果酒。

小郝说：我有。从自己的背包里取出一瓶酒，包装精美，酒瓶也别致，打开，酒香溢满屋子。

老蒋问：这酒很贵吧？

小郝说：尝尝。

老蒋就着杯口浅吸一下，满口的香穿透身体，舒服极了。

老蒋喝得酣畅淋漓。

一连几天如此，老蒋过意不去，要回请，小郝说啥也不同意。

有人告诉老蒋：小郝是个骗子。

那人非常肯定：他是酒托，骗人买酒的，我听到他跟人打电话说卖酒的事。

老蒋回想，小郝除了跟他喝酒，也没见他做过正经事，又只喝他自带的酒，确实很可疑。

老蒋生气地质问：你是骗子？

小郝惊问：咋这样问？

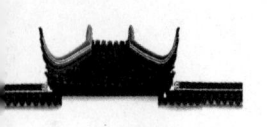

老蒋更生气：不要否认了，都有人说你是酒骗子！

小郝红了脸：我不是骗子，祖上传下酿果酒的秘方，村里精准扶贫，将开发果酒作为脱贫产业，我是卖酒的业务员。

老蒋窝着火吼：我不管你是什么，明天你就走。

急火攻心，老蒋晚上发起了高烧，迷糊了过去，醒来时已经在医院里了。医生说，亏得小郝及时送到医院，不然还不知道有什么后果。

老蒋怏怏不乐地回到家，屋里空荡荡的，小郝已走了，没喝完的果酒全放着。

他突然想到，小郝除了没告诉他身份，也没有骗他啥呀，咋就说人是骗子呢？

老蒋跟儿子通了电话。

后来，镇上新开了一家店，专卖果酒，老蒋开的。

一只彩色小狗

太阳透过窗玻璃，暖暖地照在一只小狗身上。

那是一只彩色的小狗，粉色的身子，蓝色的脑袋。

屋子里很安静，小狗是他唯一的陪伴。他也乐意跟着小狗玩耍，因为他很开心。

他歪着头看着小狗，看了很久，很仔细，仿佛以前不曾看到过它。小狗也这样看着它，他知道它在认真看他，跟他一样的开心，因为那眼神很柔和。

他说，我们捉迷藏吧。他知道它是同意了。他便跑到屋角藏起来。藏下，却又冒着脑袋去偷偷地瞅，看小狗是否看见他了。像所有的孩子一样，总想藏得最好，却又担心别人找不见自己。

小狗自然找不着他，他便总是在藏了一会儿后，自己跑了出来。

这样玩了一阵子，他有些乏了，便说，我们唱歌吧。小狗还是那样用柔和的眼神看着他，他知道它同意了。

他便一首一首地唱了起来，他们都说他唱歌难听，但他知道自己唱得很好听的，因为他每次唱歌的时候，小狗都是那样认真地听着，一直没有跑开，一直那样安静地看着他。

屋子里有些暗了，他也把自己从幼儿园学来的歌唱了一个遍，有些累了，于是不再唱了。

他走到门口听了听，没有敲门声，也没有脚踏楼梯的声音，

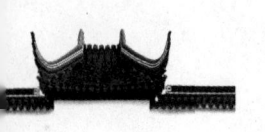

妈妈还没回来。

自从两年前那个叫爸爸的男人离开了妈妈，妈妈总是把他一个人丢在屋子里，在很晚才回来。

每次妈妈疲惫的身子出现在门口时，那只叫勇士的白色小狗总是跟在妈妈身后陪伴着她。

他摁开了墙壁上的电灯开关，屋子里又明亮了。他回过头，那幅用蜡笔画的画还贴在那里，画上的那只彩色小狗还是那样用柔和的眼神看着他。

王富卖豆

一九四八年的某天，王富离开洛河镇，走了一百多里，进了沙河镇。

一个女人将他看了又看，走过来抓着他肩上的包袱捏了捏，问："兄弟，你包袱里是豆子？"

王富应了一声："是，在洛河镇买的。"

女人又问："多少钱一斤？"

王富回答："一角八一斤。"

女人再问："卖不卖？"

王富瞅了瞅包袱："不卖！"

女人用乞求的眼神望着王富，急切地说："兄弟，我特别需要这些豆子，求求你卖给我吧！"

王富瞅着女人的脸，犹豫不决。

女人说："兄弟，我也不白买你的豆子。你背了这么远，我给你两角钱一斤吧。"

王富一下子变了脸，夺过包袱，说："不卖！不卖！"

这时已经围了好几个人，议论纷纷打抱不平："小伙子，两角钱已是比较合理的价钱。别人也是诚心买，肯定急需这些豆子，你卖她又咋的？"

王富涨红了脸："我正是看她急需才答应卖她的。但两角钱一斤我不卖。"

人们问："那你要多少？"

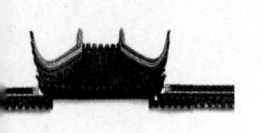

王富虎着脸说:"我买这些豆子每斤一角八,一角八我就卖,两角我不卖,多一分我都不卖!"

王富卖了豆子,往镇外走去,一边走一边想着弟弟王贵。和弟弟失散已经好几天了,还没找到弟弟。他有些自怨自艾,心想当初要是有那么一丁点吃的,弟弟也不会失散了。

在镇子里的一个普通人家,女人将煮熟的豆子端到床边,小心翼翼地喂着躺在床上的那个人。

那是一位满脸饥色的少年,吃了豆子后,脸上慢慢有了些血色。女人看他吃完,轻轻地问:"小兄弟,还没问你名字呢!"

少年感激地望着女人回答:"我叫王贵……"

真正的热爱

德阿生态工业园区某公司的一栋大楼里，靳总刚批完几份文件。他站起来走到窗前，想伸伸腰透透气。他的这间办公室位于三楼外侧，窗子正对着公司的大门。

靳总无意识地看着窗外，就见一个人拖着一个拉杆箱，正往大门处走着。看样子是要从公司走出去。那人走近大门，快要走出公司时，却又停住了脚步，转过身立在那儿，脸朝着靳总的方向，回望着公司的大楼。

这一下，靳总将那人看了个清清楚楚。那是一个二十七八岁的年轻人，相貌极其平常，穿着也很一般，并无任何特别的地方，一看就是普通得不能再普通的公司员工，也许是一个即将离开公司的离职人员。

那人就那样盯着公司的大楼，约莫三分钟，才又转过身去，继续拉着箱子往门口走。再迈前几步，他就会走出这家公司，也许从此就跟公司再也没有任何瓜葛了。

靳总心里一动，他拿出手机拨通了一个电话，说了几句，那人便被门卫拦住了。接着，他又拨了一个电话，片刻，公司人事部的王经理来到了他的办公室。

靳总指着大门口问："那人是什么情况呢？"

王经理回答说："那是小蒯，公司前不久招聘的技术人员。虽然在招聘时他完全符合条件，可是试用一段时间后，发现他根本不能胜任工作。根据公司试用管理制度，不得不让他离开

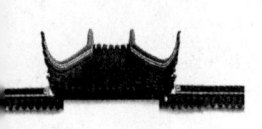

公司。"

靳总说:"去把他留下吧,我相信他终究能胜任这份工作的。"

王经理虽然有些不解,但还是照办了,去门卫室把小蒯叫了回来。

年终的时候,公司设宴招待做出杰出贡献的员工。王经理领着一个年轻人,说是要给靳总敬酒。

见靳总有些惊愕,王经理说:"靳总,这就是当初您特意让留下来的小蒯呀!他可是本年度贡献最突出的公司技术人员,特意要给您敬酒呢!"

靳总稍做回忆,便记起来了,哈哈一笑,举起酒杯说:"好,这杯酒我喝!"

喝了酒,靳总问王经理:"知道我当时为什么要留下他吗?"

王经理摇摇头:"是呀,您怎么知道小蒯一定能干好呢?"

靳总说:"当初小蒯回头看着公司大楼的时候,我看到了他的眼睛。他的眼中既没有对自己丢掉工作的失落,也没有对公司铁面无情的愤慨,而是一种深深的不舍,那是对公司真正地热爱呀!真正地热爱,这不正是公司一直倡导构建的德阿精神吗?我相信,只要公司的员工怀有真正的热爱之心,就一定会在自己的岗位上做出杰出的成绩。"

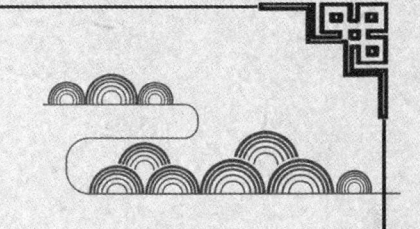

第三辑 在人间

最好的玩具

父亲躺在病床上,两眼无神,一动不动。

我衣不解带地守着他,看着他毫无生气的样子,心里已没有丝毫的焦虑,只有无限的心痛。这样一个已三次中风的病迈老人,任何希望都是奢侈。

父亲就这样在病床上躺着,我也就这样一直守着。

奇迹终于发生了。第三天晚上,父亲的身子虽然还是一动不动,但他的手已经能动了。

开始他只是手指微动,后来手已能抓取东西了。

我不禁无比惊喜,但随即又无限烦恼。手已能动的父亲仿佛顽皮了起来,总喜欢抓取手边的一切,碰到什么抓什么,还差点拔去了输液的针头。医生说,这是痴呆严重的典型症状。

一次,他正要抓取东西,床头柜上正好有一个空了的小药瓶,我赶忙拿起来塞到了他的手里。

没想到这个小药瓶非常神奇,父亲一下子安静了,把小药瓶捏在手里把玩起来,玩得津津有味。原来,他把这个小药品当成了一件好玩的玩具。

但过了一会儿,父亲就对小药瓶失去了兴趣。他扔掉了小药瓶,又继续抓取别的东西。

一时没有别的好玩的东西,我的手不经意间碰到了钥匙圈上的一个平安豆,于是我把这个平安豆解下来,放进了他的手里。

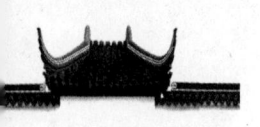

父亲马上对平安豆产生了兴趣，专心地玩起平安豆来。

最终，父亲又对平安豆失去了兴趣。看来再好的玩具，也有玩腻了的时候。

看到父亲又在乱抓，我实在无法，情急之下只好先握住他的手，再想想给他找什么好。

没想到父亲对我的手也产生了兴趣，他抓着我的手，轻轻地摩挲着，一刻不停地玩了一整夜。

儿子的手，竟然是父亲痴呆后最好的玩具。

甜甜的拐枣

当白白的霜花冰凉着脚板的时候,挑儿客胡师傅便肩着挑子从村北走进来,准备从村南走出去。

每当这个时候,母亲便从屋旮旯里找出那双在夏天早已洗干净了的旧胶鞋,让我穿上免得冻坏了脚。而父亲则盼着有挑儿客经过,这时看见了胡师傅,便满脸堆笑,热情洋溢地招呼着。

父亲一招呼,胡师傅便停了下来。胡师傅是个理发匠,父亲赧然一笑,说:"唉,娃儿这头发该理了,都一年了,快成狗熊了。"胡师傅答应一声"要得",便放下了挑子,准备从挑子里取出家伙什儿,给我理发。

我早已看见了胡师傅,躲到一旁去了。

每年这个时候,胡师傅总要挑着挑子从这里经过,父亲也总是留下他,给我理发。他给我胸前披一张白色的布,左手摁着我的脑袋,右手便拿着亮闪闪的推子,在我的小脑袋上"咔嚓咔嚓"放肆地来回推,我便害怕地哭。当然,这还不是最可怕的,最可怕的是他还拿一把薄薄的刀子,在一条乌黑油亮的皮带上来回褙几下,用那锋利的刀口在我脸上、脖子上狠命地刮。我便一边哭一边挣扎。这样自然很危险,他一个劲儿地诓我,说着好听的话。我挣扎厉害了,他便停下来无可奈何地看看父亲。父亲便赶紧过来,或好话诓我,或厉声训斥,甚至还赏我几巴掌。但终不管用,我还是不肯就范,父亲便强行摁着

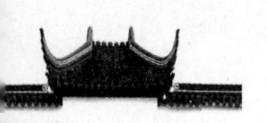

我。胡师傅一边劝着父亲，一边加快速度操作完剩下的程序。

胡师傅忙完，便收好工具，接过父亲递过的两角钱，一边和父亲说着客气话，一边走了。

胡师傅每年都要来一次，每年都要在我头上摆弄一番。虽然每年我的脑袋并没有缺少什么，但不知道怎的，我就是怕胡师傅在我头上摆弄那些家伙，以至于一看到胡师傅就哭，每次都不肯乖乖就范，让胡师傅和父亲很费神。

这一次，胡师傅放下挑子，在挑子里拿出的并不是推子和刀子，而是一大把拐枣。他笑吟吟地招呼我走近，把拐枣递到了我手里。我顾不上擦眼泪，接过拐枣，鼻子便闻到了一股清香。

我以前吃过拐枣，很甜的。还是在我很小的时候，村子里有一棵拐枣树，后来树死了，便再也没有吃到过了。

胡师傅说，拐枣都归我，但要乖乖地理发，我满口答应。

父亲连说："胡师傅，这怎么好呢？"

胡师傅便说："没什么，这是在上一家理了发，那家没有钱，便给了一些拐枣，又不是花钱买的。"

我很配合地理了发。父亲很不过意地递过两角钱，胡师傅乐呵呵地接过，挑着挑子走了。

后来，胡师傅再要给我理发，总是先递给我一把拐枣。

再后来，我长大，上学，胡师傅便渐渐地在记忆中远去了。

再次记起了胡师傅，是三十多年后。一次我在街上看到有人卖拐枣，忽然就记起了挑儿客胡师傅，记起了他给我理发的情景，记起了他送我的拐枣。

我问父亲："还记得胡师傅不？"

父亲问："哪个胡师傅？"

我说："那个挑儿客理发师傅。"

父亲说："不记得了。"

我说："就是我不肯理发送我拐枣的那个。"

父亲疑惑地说:"不姓胡吧?"

我惊讶地说:"可我记得你叫他胡师傅的呀!"

父亲愰然道:"嗨,一个挑儿客,我也不知道他叫啥,随口就叫了他胡师傅。"

见我不语,又说:"那个时候乡下很多这样走村串户的挑儿客,理发的,做家伙什儿的,卖小零小碎的,人都和气得很,跟我们乡下人混得熟,姓什么叫什么也没有谁细问,都是随口而叫。况且现在时间那么久了,我也记不得你说的是哪个了,要不,你再仔细说一下,看我能不能记起来?"

我在脑袋里使劲地搜索,竟记不起胡师傅的模样和任何细节,只记得他给我的拐枣,甜甜的,真的好吃得很。

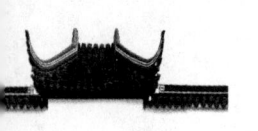

你欠我的

忠明老汉说:"我欠着白小建的。为了让弟弟能够有出息,白小建每天起早贪黑,拼命地挣钱供弟弟读书。而白小建九岁就辍了学,十一岁就成了家里的主要劳动力。白小建该有的快乐童年和读书机会,我都没有给他。"

忠明老汉并没有直接对白小建说,而是说给了白小建的堂弟白小涛。白小涛把这话说给了白小建,白小建心里很不是滋味。

忠明老汉又说:"我欠着白小建的。白小建的姐姐买房差钱,想我帮助一下。我也没有多少钱,就把这事跟白小建说了,表现出为难的样子。于是白小建不得不拿出抠着牙缝省下的几万块钱。白小建看到村里别家都修了新房,也很想修。但因为将钱都资助了姐姐,直到现在他也没能将新房修成。"

忠明老汉也没有直接对白小建说,而是说给了白小建的表妹李小兰。李小兰把这话传给了白小建,白小建心里五味杂陈。

忠明老汉还说:"我欠着白小建的。我知道身体已经不行,很想回到白小建的身边,跟他住在一起,白小建就把我接了回来。可是我存下的一点钱都资助了他们,竟没有给白小建留下一分,就回来了一个净人啊!"

忠明老汉这话仍然没有对白小建说,而是说给了白小建的邻居王二叔。王二叔来看望忠明老汉,忠明老汉拉着他的手聊了这些话。

王二叔把这话传给了白小建，白小建跑到一边直抹眼泪。

忠明老汉下葬，白小建伏在新起的坟堆上号啕大哭："老汉儿，你还欠着我的。你说要听我的话，好好保重身体，天天吃我给你做的蒸肉糕。你欠着给我的这些承诺，永远都不能还给我了呀！"

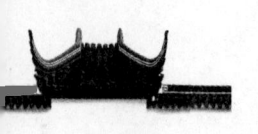

元宵节

过了十四不是年。一过十四，张家湾恢复了素饭素餐的日子。

但张大民家例外。十五这天，张大民家依然要做一顿丰盛的晚饭。

所谓丰盛，不过是在菜里还放一点肉片。

在张家湾人看来，这不是一件小事。

过年买肉，家家都那么一些，好不容易留下一点，也是要留到十四。十四是小年，表示春节结束，最后吃一顿肉。

张大民家十五还吃肉，不明摆着比别人家肉多吗？

张大民说十五也是节呢，元宵节。

有人问元宵节是啥节，也要吃肉吗？

有人说元宵节都是城里人过的，要吃好的，还要放灯呢。张家湾啥时候过了？

张大民却不理会，总在十五这天做顿好吃的。只是日子渐渐好了，这元宵节也过得渐渐好了起来。

张大民七十二岁这年，得了一场重病，虽然好了，但毕竟年纪大了，身体大不如以前。

第二年正月十五，张大民让家人做了一顿特别丰盛的饭菜，然后请来了邻居们。

张大民举杯说，感谢大家这么多年对我家的帮助。

又说，感谢大家在我生病时对我的照顾。

最后说，感谢大家参加我七十三岁生日宴。

生日啊？邻居们恍然大悟。

张大民的儿子说，父亲十五的生日，但父亲说大家的日子都不好，家里也办不出像样的饭菜，那点简单的饭食不值当让大家破费。现在日子好了，父亲年纪也大了，特意办顿生日宴感谢大家对父亲及我们家的关照。来，干杯！

邻居们赶忙端起杯子齐声说，邻里之间互相帮助是应该的，快不要说了。一直以为你们过元宵节呢，原来是老张的生日呀。来，干杯，庆祝老张的生日。

有人冒杂音，是庆祝元宵节，哈哈哈！

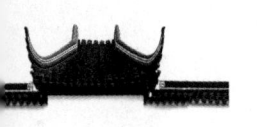

春 节

春节一到，李奶奶家格外热闹起来。

儿女们全都拖家带口回来了。聚拢好几十口人呢，热闹得就如集市。

李奶奶辛苦一辈子，把儿女们拉扯成人，个个出落得有出息，远离了这个穷窝。有的嫁到了条件好的外地，有的在城里找了工作安了家。

儿女们的出息就是李奶奶的福气。虽然儿女们平时不回，只在春节才回来看看她，但她理解他们，都有自己的事要忙，哪能说回来就回来呢？

但李奶奶还是盼着儿女们能多回来，这也是人之常情，所以李奶奶特别盼望过春节。

好在儿女们每年春节总会回来相聚。

这时，李奶奶总是乐呵呵地忙着弄吃的。哪个爱吃啥，哪个喜欢啥味，她总是记得那样的清楚，也不怕麻烦尽量满足到每个儿女的口味。妈妈做的饭好吃，儿女们一直记在心里。

姊妹们很久都没有在一起了，借着这个机会，尽情地摆摆龙门阵，孩子怎样，家庭如何，虽然这些话题年年都要摆，但总是摆不完。

女婿们也都是有本事的人，和儿子们正好旗鼓相当。聊生意，谈人生，说到尽兴处，猜拳斗酒，意气风发。

孩子们呢？不用说，满院子地欢腾。

邻居们嫉妒地说，李奶奶，一大家人回来朝贺你，真有福气呢！

李奶奶一边说哪里哟，一边却把笑意堆上脸。

春节过去，儿女们叮嘱李奶奶要多保重身体，然后告辞。

待儿女们走得干净了，李奶奶开始收拾屋子里外的一片狼藉。收拾完差不多也天黑了，屋子里恢复了冷清。李奶奶坐在床沿上想，哎，又得一年才能回来，自己还能不能再给他们做顿吃的呢！

然后叹一口，躺下，身上的酸痛便轻了不少。

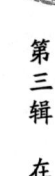

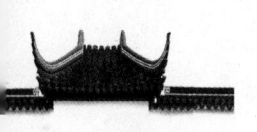

给妈算笔账

我记得前几年妈给我算了一笔账:"家里五亩多田地,三亩旱地我种苞谷能收三千多斤,可以卖三千多元;二亩水田我栽水稻可以收二千多斤,可以卖二千多元;我养两头肥猪,每头二百多斤,到时又可以卖三千多元;我再养二十多只鸡,又可以……"

后来我给妈算了笔账:"三亩旱地租出去,可以收一千多元租金。这样还省下了一些劳力,可以让水稻产量更高一些,水稻会增加一些收入;又可以多养几头肥猪,又可以增加几千元的收入;还可以多养一些鸡,还可以增加不少……"

再后来我又给妈算了笔账:"二亩水田也租出去,土地租金可以再增加一千元。这样省下的劳力更多了,可以集中精力养猪和养鸡。你就喂六头猪,养八十只鸡吧。田地租金加上养的猪和鸡,差不多都可以卖两万块钱呢!"

每年我都要给妈算笔账,家里的收入也越来越高。

今年,我想了又想,再给妈算了一笔账:"田地都租出去,租金有二千多元。猪也不要养了,省下更多的精力,你就专心养鸡吧。我给你做一个大大的养鸡棚,你养三四百只鸡,这样家里就达到两万以上的收入了!"

唉,这老太婆,年龄大了,身体也逐渐衰弱,还啥都想抓,既受累还没有成效。我要不给她算好账,她这样白忙活一年又能有啥收益呢？

　　临走的头天晚上，我去邻居张婶家："张婶，还得多费心照看一下我妈哟。这五千元先放您这里，给妈的土地租金，妈有需要的物品，先支着，不够我回来再添……我妈要是卖鸡呀啥的，就买下来……嗯，还跟以前一样！"

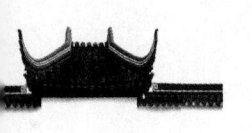

干　粮

　　父亲辍学后，跟着奶奶天天去生产队下地挣工分，每天早出晚归，中午就在地头吃自带的干粮。

　　干粮是一小块苞谷面蒸馍，是奶奶摸黑做的。

　　奶奶做干粮的时候，父亲就在一旁举着一根柴火当火把，奶奶就趁着这昏暗的光，接着忙到深夜。

　　每天无论有多晚，有多累，奶奶都得把第二天的干粮准备好。这是奶奶的指望，也是父亲的指望。

　　这也是一家人的希望。生产队记多少分，是看干的活有多少，要多干活，就得保持更多的力气。所以，准备好干粮，其实是一件很重要的事情。

　　父亲其实并没有想到这么多，他还是个孩子呢！一个孩子，饿了就想吃，不吃就难受。因此，父亲对于这份干粮的渴望，更多的不过是出于朴素的本能罢了。

　　对于一个半大小子，这份干粮实在太少，不够吃，父亲很不满足。但有时他也会很满足，知道奶奶能天天做一份这样的干粮，已经很不容易了。因此，他把这些不满足都压到了心里面，只在心里存着这样一个念想，期望有一天那个蒸馍能变得更大一些。

　　还终于等到了这样的一天。这天到中午歇息的时候，父亲跟着奶奶来到地头，解开那个包着干粮的布包时，果然看到了两个蒸馍明显大了许多。

父亲有些欣喜，奶奶却怔了一怔，迅速把那个小一点的蒸馍递到了他的手里，然后拿着那个大一点的走开了。

父亲快快地啃完手中的蒸馍，然后望了望，奶奶正在一个墙角拿着那个大蒸馍不住地往嘴里送。

他咽着口水悄悄地走了过去，靠近奶奶时却看得很分明：奶奶手里拿的哪是什么蒸馍，分明是一团沾满面疙瘩的旧毛巾！

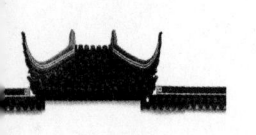

父亲的轮胎草鞋

霜降过后，白晶晶的霜花总是每天一早就按时撒满了大地。那赤裸着踩在秋草上的脚板，便会感到阵阵钻心的疼痛，那是秋霜给予我最真切的感觉。

这时，我终于得到父亲那双轮胎草鞋。我欣喜地把它拿在手里，轻轻地摩挲着，那硬邦邦的胶皮特别有质感，恰如父亲那满是粗糙茧皮的手。我把它穿在脚上，小心地迈几下步子，脚上感到特别有劲道，仿佛有使不完的力气。

父亲有一双轮胎草鞋。是用废旧轮胎的胶皮做的。整个夏天，父亲每天出去干活都穿着，爬坡上坎，趟水下河，既舒适又便捷，而且，相对于别人的谷草草鞋和破旧胶鞋，无疑还显得非常新潮。因此，我非常想要。

我跟父亲提起过。我之所以想要这双轮胎草鞋，是因为只有父亲才有这么一双，我是没有的。我虽然要得十分理直气壮，但是父亲还是无情地拒绝了。父亲拒绝的理由是，霜降过后，一定会给我买一双新鞋。

我非常相信父亲的话。因为每年霜降后，父亲都会给我买回一双新鞋，一双新的黄胶鞋。我一边闻着新胶鞋散发出的浓浓胶皮味，一边喜滋滋地穿在脚上，就此也结束了我一年中的赤脚季。

每年的霜降之前，我都是赤着脚。入秋过后，天气渐凉，从旮旯里找出那双已经破得不能再破的黄胶鞋，却实在不能再穿，只好继续赤着脚。但霜降过后，父亲总会买回新鞋，于是，脚也不再赤着了。

父亲的拒绝让我闷闷不乐，虽然我毫不怀疑他一定会在霜降后给我买回新鞋。可如果这双轮胎草鞋现在就属于我了，那我就不必等到霜降后才有鞋穿，以后可以天天穿在脚上。夏天穿着这双草鞋和小伙伴们走在河滩上，肯定会引来他们羡慕的目光。

父亲终于病倒了。他整天呻吟着，躺在床上，连地也不能下，吃饭喝水都只能由我喂着。这一病就是十多天，等他有些好转，能下床行走时，霜降也就到了。

父亲把那双轮胎草鞋交到我的手里，有些无奈地说，不能买新鞋了，先将就着穿一穿吧。我没有去体会父亲的无奈之情，这是我盼望已久的鞋子呀，有它，我已经完全满足了。

第二天一早，父亲穿着自己那双破弃已久的黄胶鞋，踩着霜花，出门干活去了。

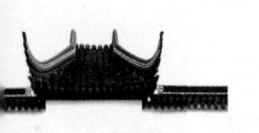

让我看看你，我的孩子

女人想要一个孩子，男人不允，女人执意要，就跟他发脾气。男人从没见过女人发脾气，唯独这一次，在这一件事上。

男人既不想让女人要孩子，又不想让女人发脾气。但女人是真发脾气了，他怕，不知道如何才好，最后只好妥协，抱着女人难过，女人却把眼里装满了笑。

女人笑起来的眼睛很美，男人有些醉。

不久，女人真的就有了孩子。

女人常常摸着自己圆圆的大肚子，笑盈盈地对男人说："看，我们的孩子！"

男人便也笑笑，跟着摸摸女人的大肚子，附和着说："嗯，我们的孩子！"

男人其实并没有看女人的肚子，而是看着女人的脸，看着女人的眼睛。女人的眼里溢满幸福，眸子像两汪跳动的泉眼，宁静而又明亮，看得男人心都碎了！

终于有一天，女人的肚子疼了起来，孩子要出生了。

男人急忙把女人送进了医院。然后女人进手术室。

男人再见到女人的时候，是在一间病房里，洁白的墙壁，素雅的房间，女人宁静而祥和地躺在病床上，瞪着大眼睛看天花板。

男人轻轻地对女人说："看，我们的孩子。"

女人看天花板的眼睛换了一个角度，兴奋地说："啊，我们的孩子？让我看看你，我的孩子！"

　　男人轻轻地把孩子递到女人的胸前，女人忽闪的眼睛里满是喜悦，白葱般的手轻轻地摩挲着孩子："嗯，我看见了，很漂亮。"再摩挲一会，说，"像你。"

　　男人的眼里忽然溢满了泪，又想起了衣兜里装着的那张诊断书，是女人的。一年前女人在医院里检查，医生说女人不能怀孩子，否则，眼病加重，会让眼睛失明的。

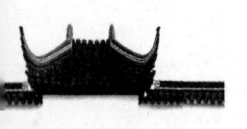

一根白发

他和她是新分到的正式大学出来的毕业生，来自不同的学校。他，能力出众，她，青春靓丽，在单位十分抢眼。

在旁人艳羡中，自然而然地，他俩走到了一起。

同大部分家庭一样，蜜月期一过，双方的缺点便显露出来，形成矛盾，最后演化成争吵。

后来，他们有了一个女儿。女儿乖巧漂亮，是他们的宝贝，疼爱有加。可这一切阻止不了矛盾加深。

终于矛盾无法调和，彼此痛苦地过着。他说："我们分开吧！"她无语。

终于，在女儿六岁这年，他辞了工作，抛下家庭，独自去了远方。爱从心中遗落，他便把全部心思用在事业上，其他再也不想。

然而外面的世界并非想象的那样，无论怎么努力，他的状况没有丝毫改变。仍然毫无改变的，是他和她之间的矛盾，离开后，他们基本上没有什么联系，仿佛对方都不存在，说得多的仍然是那句重复了多遍的话："分开吧，考虑得咋样？"每当他说到这句，她依然不语。

一晃就是十年。

女儿特别优秀，十六岁就考上某重点大学。按照家乡的风俗，须得办学酒宴宴请亲友。作为孩子的父母，理所当然要在现场张罗。十年之后，他们重聚一起。

在人群中，她依旧那样的抢眼，衣着光鲜，满脸含笑。他忽然发现，在她满头的黑发中，有一根白发十分明显，牵扯着他的眼睛。细看，原来她那一头黑发是染出来的！

　　他的心理有一股说不出的滋味。

　　学酒宴结束后，他依然去了远方，他们依然回到了从前的状态。只是他不再说那句"我们分开"的话了，每当想说这句话的时候，他的眼前便又出现了那根白发。

第三辑　在人间

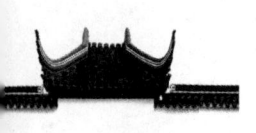

爷爷和小花的那些往事

我在姑姑的房间里翻出一件花衬衫，领口、袖口都已严重老化，前后都有许多破了的洞口。姑姑已许久不穿了，但这件衬衫对于我却正是一件宝贝，我非常高兴地穿在身上，快活地在屋子里走来走去。

爷爷看见了，叫住我："剑娃，把衬衫脱下来，这件衬衫正好给小花穿。"我有些不情愿，噘着嘴说："不脱。"爷爷便瞪着眼睛黑了脸。我不得不脱了衬衫扔给爷爷，赌气地跑开，心里便对小花十分的不满。

奶奶的针线篓里有一顶旧军帽，绿色的，上面有一颗红色的五角星，奶奶说是爷爷以前戴的。一直不见爷爷往头上戴，也许是爷爷忘记了还有这样一顶军帽吧？我欣喜万分，我们和对岸敌军的战斗已进行了不知多少年，一直未分胜负，有了这顶军帽，我便是真正的军人了，我们也就是正规部队，对岸那支杂牌军，如何能再跟我们比？

爷爷看见我时，也看见了我头上的军帽，他想了想，说："剑娃，把帽子给我。"

我问爷爷："你要戴吗？"

爷爷说："我不戴，给小花戴。"

我心里委屈得不得了，把帽子摔过去时，眼泪在眼眶里直打转。心里对小花十二分地不满。

爷爷的屋子里有一支猎枪，长长的铁枪管，黑黝黝的枪身，还有一条皮背带。我想，我只要背着这支枪往河边一站，对岸的那些敌兵肯定会被吓破了胆落荒而逃。我不止一次地想象着背着这支枪神气十足的样子。好不容易鼓起勇气跟爷爷一说，爷爷却瞪眼狠狠地骂了我一顿，从此不敢再提这件事。但我经常趁爷爷不在时偷偷地溜进去摸摸这支枪，觉得极为过瘾。

这一天，我再偷进爷爷的屋子时，却突然发现枪不在了。这支枪一直放在这里，也从没见爷爷用过，这支枪会在哪里呢？

这天，我从小花面前经过，突然发现，那支枪正在小花的手里！

我肺都气炸了，从此也恨死了小花，如果不是慑于爷爷的威严，我手里的棒子都会狠狠地砸到小花身上。

我知道有了这个小花，爷爷的心思便全在了小花身上。他每天都要去看小花好几回，却全然不把我放在心上。

秋天到了，一家人忙碌起来。爷爷带着全家老少来到地里，掰下苞谷，然后在屋里堆起一座小山。今年的苞谷收得比往年多了许多，爷爷说这都是小花的功劳。

小花，又是小花！我心底那隐隐的痛又被牵扯了出来。

我很快发现爷爷只是说说而已，这一段时间他的心思都在苞谷身上，好像已经忘记了和小花的种种往事。

一直不平的心突然有些释怀，我来到地里，掰完苞谷的地一片狼藉。小花还呆呆地站在那里，那支猎枪已不在手里了，那件花衬衫还在身上，衬衫上的破洞更大了，稻草从破洞里散落出来，被风吹得满天飞舞。

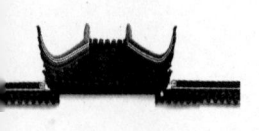

娘的鱼骨

徐家坎的徐老根自三十七岁那年死了爹，这二十多年来一直跟瞎眼的老娘不离不弃，母子俩相依为命。徐老根对老娘的孝顺是整个徐家坎人都有目共睹的。

不过也有不同的看法，有人认为徐老根都是装出来的，只是为了博得一个好名声。说得最有板有眼的，是同住徐家坎的徐二叔。

那一天，徐二叔从徐老根屋子旁边路过，想顺便看看老根娘。进屋后，徐老根正在给老娘喂饭，见徐二叔突然闯进屋来，忙不迭地把碗端到厨房搁了起来。徐老根的怪异举动自然引起了徐二叔的好奇，趁着徐老根不注意时偷偷溜进厨房一看，碗里居然是几根鱼骨头。开始徐二叔还寻思，这家伙哪儿弄的鱼呢，后一想，不对呀，碗里只见鱼骨，却不见一丁点的鱼肉！

如果是老根娘吃剩的鱼骨头，不至于一丁点不见肉吧？很明显，老根娘压根儿就没有吃着鱼肉，鱼肉全让徐老根吃了。

徐二叔当时就觉得那些鱼骨头好像是卡在了自己的喉咙里，特别的难受，想要说几句公道话。又想，这毕竟是徐老根的家事，忍着把一些话吞回去了。

不久，徐家坎很多人都知道徐老根给老娘喂鱼骨头的事了。

一次，徐二叔从外面回徐家坎，走到距徐家坎十多里的望坎河时，看到河里有一个人正在抓鱼。只见那人在没膝深的水里，随着翻滚的白浪晃晃悠悠，情势十分危急，这样子别说抓鱼，一不小心就会跌进水里。

徐二叔仔细看时，那人正是徐老根，于是，又想起徐老根给老娘吃鱼骨头的事。徐二叔心想，对老娘那样不孝，在水里淹死才好呢。

徐二叔本不想搭理，继续走自己的路，可是到底还是忍不住那边多望了望。看到徐老根摇摇欲倒的样子，他突然想起一个问题，徐家坎距望坎河十多里，整个徐家坎的人都是旱鸭子，对水性可都是一点也不熟。

不好，徐老根会有危险！徐二叔来不及多想，向着徐老根跑了过去。

还未靠近徐老根，徐老根已一个趔趄，摔在了水里，整个身子没在了滚滚的白浪中。

徐二叔赶紧去拉徐老根，费了好大劲才把他拉起来。

徐老根全身水淋淋的，呆呆地看着水里，头发上的水顺着往下流。

徐二叔没好气地数落道："旱鸭子还想吃鱼？徐家坎人啥时候吃过鱼了？找个女人伺候老娘才是正经！"

徐家坎离最近的场镇也有三十多里，而且场镇上也没有人卖鱼，若要吃鱼，只有向这望坎河里求取。

徐老根脸上说不清是泪还是水，哭丧着脸："娘说想吃鱼，上次费了老大的劲，才弄到一丁点鱼，娘吃了鱼以后，我舍不得扔了鱼骨，于是再用鱼骨给娘熬汤。这一次，娘连鱼骨都吃不上了呀！"

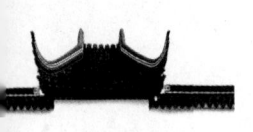

奶奶的传奇

奶奶的故事，是父亲讲给我的。

那时父亲还小，爷爷一直不见回家，曾祖父想分家另过。

"家里的地不多，无法再分给你，北坡的那片荒坡分给你吧。"

"家里粮食不多，无法再分给你，你去南坡地里掰一背篼苞谷吧。"

"老大长期不在家，我年迈体衰照顾不了你们了，让你大娘跟着照顾你们吧。"

曾祖父问："你还有什么需求？提出来吧。"

奶奶说："我要让你大孙子跟着我。"

曾祖父没有多想。"这个没问题。"

家就这样分了。奶奶抱着父亲，领着大娘，背着去南坡地里掰来的苞谷，来到北坡。北坡四处什么都没有，只有一个岩壳可以稍稍避下风雨，奶奶就把那里当成了家。

后来，奶奶修起了房子，领着大娘和父亲住上了新房。

再后来，曾祖父跟二娘的日子越过越艰难。二娘还好一点，年纪还不大，好手好脚还能刨弄。曾祖父因为年纪太大，做啥都不灵便了，惹得二娘经常骂。

奶奶便不时掰了苞谷去看望他们，最后干脆把曾祖父接了过来养着。

后来呢？四姑插嘴说："后来你爷爷从部队复员回来了，你奶奶又生养了我们七个。"

奶奶静静地坐着，脸上含着笑，好像根本没有听我们讲而只是想着自己的心事。

"没想到这个家最后发展到这么大这么好，八个子女都不错，有的读了大学，有的找了工作。你奶奶真了不起，她真是一个传奇。"

没想到奶奶在听着呢。但也许是耳背没有听清吧，她追问道："传啥？四儿你说传啥？"

我们哄堂大笑。我突然记起父亲还给我讲过，奶奶一辈子都没念过书——她根本不知道传奇是什么意思。

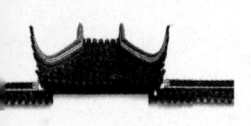

我家的第一杆秤

李婶和王婶又吵起来了。

前几天,王婶向李婶借了一碗米。昨天王叔到集市上买回了米,王婶便惦记着把米还上,今天一早就盛了一碗米给李婶送去。

不料,李婶硬说王婶没有还够,借多还少,占小便宜不厚道。两人说着说着就吵起来。

吴婶问:"他王婶有没有少还了呀?"

周婶说:"李家的碗口大底浅,王家的碗口小底深,多了少了谁知道呢!"

已记不清这是院子里第几次吵架了,不光是李婶王婶,吴婶周婶也是一样。

也是,院子里好几家人,相互之间有借有还的,就难免多点少点了。

同住一个院子,老是这样吵也不是个事。一次母亲跟人吵了以后,父亲说:"得买一杆秤了。"

一家人不同意买秤,又不是我们一家人吵,一院子都在吵。再则,有秤就不会吵了吗?

更重要的是,当时生活都困难,买一杆秤要十多元钱,那可是三十多斤米呢,一家人十多天的口粮啊!

但父亲是个说一不二的人,家里人都反对不得。于是全家咬咬牙,终天把秤买回来了。

这是我家的第一杆秤。以后邻里之间再有借东借西的，都先上我家来借秤。

有时候听见王婶在院子里喊："他婶儿，还你米！"从窗口望出去，只见王婶眉眼里全是笑，手提着秤，秤盘里装着白花花的米，秤砣吊在秤杆子上，秤杆子高高地翘着。

李婶更是笑得满脸都是褶子，忙不迭地说："嗨，你又多还了……那咋好意思喃？"

这以后，一院子的人果然很少吵架了，和气得很。

我有些不懂，难道真的是因为有了那杆秤？我问父亲，父亲笑了笑说："邻里之间其实并不在意是多了少了，而是在意是不是公道了。只有秤，才能真正做到公道，小小的秤砣，称的不仅仅是重量，还是公道人心啊！"

再后来，院子里有什么事情，都要凑到我家来先听听父亲的意见，让父亲拿主意。

难道，这也是因为有那杆秤？

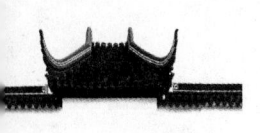

丢了绳的牛

土地刚下户的那阵，耕牛特别少，而几乎家家都有用牛的需求，又都赶在了犁地的这几天。所以，对于每一家来说，耕牛是比性命还重的事情。

张大海牵着牛在夜色中走着，牛是从别人家的犁上解下来的。那家刚犁完地还没喘口气，牛就被张大海解走了。张大海要趁着夜色把牛牵回去，第二天一早就要到自家的地里去犁地。

夜色有些暗，只依稀能看到脚下的路。张大海慢慢地走着，一来本身就走不快，二来呢，牛刚下犁，也不宜太累着，这样慢走也有让牛趁此歇息的意思。

张大海好不容易走回了自己的家，要把牛赶进圈去，可是一转身，不由得魂飞魄散。绳还在手里，牛却不见了！

第二天深夜里，张大海再一次绝望地在圈外徘徊，却发现那头牛已出现在自己的圈里，牛鼻子上被穿了一条新的牛绳。

秀英问："张大海的牛去哪儿了呢？"

财生神情闪烁地回答："还能去哪儿呢，被人牵走了呗。"

他一定知道牛被谁牵走了，只是不说而已。

秀英叹了一口气，幽幽地说："都怪我，一个孤身女人，既无人又无牛，实在是没办法。你见我实在太难了，就说去借头牛来帮我犁了地。你把牛赶回来后，我发现牛没有绳，问你，你说是牛绳丢了。哪知道你是偷了张大海的牛。"

后来的事情呢？后来，财生就出去了。这一出去就是七天，财生是去了派出所。本来要重判的，还是张大海去求了情，说只关七天。

　　秀英隔着窗上的铁栏杆问："还犯不？"

　　财生红着脸说："不了。"

　　秀英也红了脸："以后就搬过来吧，让我看着你，免得再犯。"

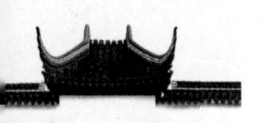

短命鬼二舅

二舅是个短命鬼——我常常看到外爷拿着荆条，一边劈头盖脸地抽打一边骂："你个短命鬼！你个短命鬼！"

二舅就那么跪着，一声不吭，任由外爷手中的荆条落在自己的身上。

外爷打累了，剜了二舅一眼，狠狠地说："没出息的家伙，你就死在外边吧！"然后扛着农具蹒跚着走了出去。

外爷有很严重的风湿病，行走都很困难，因为没钱也一直得不到治疗。饶是如此，还是不得不上坡下地，为一家人的生计劳碌。二舅是母亲的弟弟，因为排行老二，我叫他二舅。十八九岁的大小伙子了，天天东跑西跑，成天不在家，一跑就是几个月，家里不管不顾。如此游手好闲不务正业，外爷哪能不恨！

外爷才转身，二舅倔强地看着外爷的背影，站起身带着满身的伤痕，又跑了。

二舅来到了我家。我家前不久被一场大水冲毁，现在的家说是家，其实就是几根棒子搭的一个架子，上面盖了些茅草碎布，一家人就挤在这样既不遮风又不避雨的破屋子里。

二舅对父亲说："修房子吧，这样也不是办法。"

父亲没吭声，脸上满是为难的神色。

二舅盯着父亲的脸看了好久，咬着牙说："修吧！"

说修就修，二舅和父亲行动起来，开山，砌石，忙乎了十多天，就把屋基砌好了。

接下来应该是请匠人下料了，二舅却突然离开了。母亲对这种有开头没结尾的帮助颇有微词，父亲却全然不放在心上，什么也没说。

后来，修房的进程却十分地顺利，刨木、排扇、上梁，都按部就班地进行着，一点都没落下，我们也都沉浸在即将住进新房的喜悦中，差不多都已把二舅忘记了。

倒是父亲还记得，常常摸着新刨的圆溜溜的柱子对母亲说："多亏了他二舅！"

几个月后的一天，几百公里外的磨盘山筑路队送来通知，说二舅被炮炸了，让我们赶紧去处理后事。

我们赶过去时，并没有看到二舅，他的身体已经被炸成了碎片。看不到亲人的遗容，这对我们所有的人都是一个痛。

好在遗物中有一张二舅的照片。照片中的二舅年轻帅气，张着双臂，一脸灿烂的笑容，背后便是高高耸立、巨石突兀的磨盘山。

外爷捧着二舅的照片老泪纵横。

遗物里还有一个十分精致的钱包，里面是一百多张藏青色的钞票。

这一年二舅还不到二十岁，成了一个名副其实的短命鬼。

这一年外爷进了医院开始治疗日益严重的风湿病。

这一年我们住进了新房子。

哭　嫁

玉儿出嫁了，出阁的头一天是正酒。一大早，亲朋好友便陆续来到玉儿家庆贺。

女客们首先到了玉儿的闺房，拿出红包。但玉儿不在闺房。

玉儿正忙前忙后地招呼客人呢。女客们便退了出来。

等玉儿回了闺房再说吧，女客们想。

但玉儿很少回闺房，即使回了闺房，也是忙乎一下又赶紧出来，并不待在闺房里。女客们有些坐不住了。

女客们悄悄地把玉儿叫到一边，耳语一阵，晃了晃捏在手中的红包。但玉儿只摇头笑笑，女客们有些失望。

女客们又找到玉儿娘，悄悄地叫到一边，耳语一阵。玉儿娘摆摆手，朝玉儿爸努努嘴。

女客们看看玉儿爸，玉儿爸正在院子里，笑吟吟地跟客人们谈话呢。女客们有些无可奈何，只得作罢，悄悄地揣回了红包。

村里有一直传下的风俗，女子出嫁时，要在正酒这天哭嫁。这天，新娘子一直躲在闺房里哭，哭父母，哭亲朋，哭兄弟姐妹，来的女客要给新娘子备一个红包作泪水礼，还要陪着一起哭。新娘子出阁的时候都是带着红红的肿眼泡。

偏偏玉儿不哭嫁。玉儿知道爸爸不喜欢哭。

其实玉儿是想哭的，她怕走了以后，爸爸还会胃病复发疼得直呻吟。玉儿爸从小一直胃疼，疼得难忍，一声一声地呻吟，让人揪心，玉儿是听着爸爸的呻吟声长大的。玉儿爸最大的心愿，就是自己的胃不疼，自己不再呻唤，能够好好地跟玉儿妈把玉儿养大。

出阁的这天，穿着新娘服没有哭成肿眼泡的玉儿分外的美丽。玉儿爸亲自将她送出门，悄悄地拿出一个大红包塞给她。

当玉儿转过屋角看不到爸爸的时候，哇的一声哭了出来。

短　信

　　救援人员扒开废墟，找到她的身体。她紧紧地趴在一大块水泥碎板下，左手握着手机。

　　人们看到了那则短信：

　　亲爱的宝贝，如果你还活着，一定要记得妈妈很爱你！

　　人们小心地移开她的身体。一个不满周岁的婴儿还甜甜地睡着。

哄

那时,父亲常抱着他,给他讲鬼故事哄着他。他笑,父亲便也笑。

现在,父亲静静地坐在他身旁,听他讲着鬼故事。父亲笑,他便转过头去抹眼泪。

一个月前,父亲竟然病成了老年痴呆,如孩子一般,需要他这样时时哄着他。

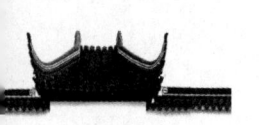

想起母亲

把父亲在病床上安顿好以后,他坐在床前抓住父亲的手,看着父亲因重病而削白的脸,心痛不已。

他突然想起母亲,那个泼辣蛮横、经常跳着脚破口大骂的老太太。前不久还骂哭过他一次呢。

他想,母亲还能跳能骂,真好!

你曾给我过去

2019年10月30日,第二届"德阿杯"征文大赛颁奖典礼的第二天,主办单位安排的活动是去汉旺镇"5·12"地震遗址参观。我们一行一百多人分乘二十多辆车,很快就抵达汉旺镇地震遗址,然后又分乘五辆观光车进入遗址内。

年轻的导游一边为我们介绍所经过的地址、建筑物名称,一边为我们讲述当时的详细情形和一些不为人知的故事。虽然已经过去了整整十一年,但目之所及,依然触目惊心,无不再现当时的惨烈。那无尽冰冷的残垣断壁,那满地狼藉的碎砖裂瓦,不知掩埋了多少鲜活的生命,也掩埋了多少故事!

其中一个故事是这样的。

大地震发生后,全国各地的救援队和志愿者纷纷赶来,很快汇聚在这座惨遭蹂躏的小镇,开始了紧张地搜寻、救援。当救援工作结束后,人们纷纷撤离返回。但有一位志愿者却仍然留在了现场,每天在现场寻觅着,忙碌着。很显然,他要找的人还没有找到。

这位志愿者叫苏周,他确实还没有找到要找的人。

苏周的身影就这样留在了汉旺镇。看着他每天在地震现场寻觅,在大街小巷打听,人们不禁摇头叹息。

此后,汉旺进入了全面的重建,苏周也几乎将自己的全部精力用在了重建工作上。他出入各建筑工地,扛水泥、推砖瓦、扎钢筋,见什么活儿就做什么活儿,一刻也不停息,并且也不

要什么报酬，天天这样，风雨无阻。人们见他如此，也不以为奇。很多人认为他之所以如此，可能还是抱着一线希望，想找到自己要找的人。

2015年，德阿工业园区在汉旺镇建立，苏周进了园区，义务作了一名工人。

后来，时间久了，人们也知道了更多关于苏周的事情。几年来苏周一直要找到的人叫陈川，是汉旺镇人。许多年前，苏周曾经受过陈川的恩惠，总是念着要找机会报答。当2008年5月12日大地震发生时，他便第一时间来到这里，要找到恩人并倾力救助，以了却报恩之心。

苏周报恩的故事就这样在汉旺镇流传开来。

导游讲述这个故事时，天空飘着雪花，空气透着萧寒，天地间一片清肃。我们静静地听着，眼睛湿润了，再一次被感动着。

左边坐着一位五十多岁的男子，虽也静静地听着，但分明并无其他人那样充满伤感之意。他和我中间隔着两个人，我无法更细微地感受他的内心，但已经深切地感受到他的不一样，有一种无法言说的特别感。

他是谁？他是一个什么样的人？我在心里搜索着，隐隐觉得这个人仿佛在哪里见过。这神态，这表情，于陌生中竟也有一丝的熟悉。

我突然记起了，这人参加过首届"德阿杯"征文的颁奖礼。2018年12月30日，第一届"德阿杯"征文颁奖礼举行，征文组委、评委和部分获奖者云集一堂。当时有一位没有获奖的作者也参加了，这位作者就是他。那次的活动也是参观汉旺镇地震遗址，我们坐在了同一辆观光车上，导游在讲这个故事时，他就是这样的表情。没想到，这次他又参加了，又是以一个没有获奖的作者身份参加的，更巧的是，我们居然又坐在了同一辆观光车上。

我立刻对他产生了兴趣。像这样没有获奖而参加颁奖礼的作者并不多见，至少在两届"德阿杯"中又是同一作者这样，若说不是刻意，肯定是说不过去的。联系到两次听到这个故事时他所表现出的样子，于是我有了一个大胆的猜测。

下了观光车，趁人们在大厅外的广场漫步时，我靠近他的身边悄悄地问："您就是故事里的苏周吧？"

他怔了一下，似觉意外，却又只是沉默地看着我。

我便彻底证实了自己的猜测，进一步问："您参加征文，是想获得更多的线索吧？"

这一次他没有沉默，及时地对我进行了回应，"嗯"了一声。

我说："报恩的故事我们听过不少，但像您这样锲而不舍的却并不多呀！"

他又沉默了一会，仿佛下定了决心，如释重负似的吐了一口气。我知道，他是要说出故事中我们所不知道的一些内容了。

"三十多年前，我还是一个走乡串户的小本生意人。一天，当我来到汉旺镇时，突然病倒在了大街上，晕了过去。医生说，幸亏一个叫陈川的小伙子及时把我送进了医院，否则后果不堪设想。后来，陈川悉心照料了我一个多月，又给了我足够的回家路费。"

我打断他："可你已经尽心尽力了。"

他挑了一下眉头，坚定地说："我们苏家的祖训，如果别人曾给了我们过去，我们一定要还给他未来。我的过去是陈川给的，大地震毁了他和他的家园，无论如何我都要还他一个未来，所以我不愿意放弃。现在……如果还给不了他本人，那就还给他的家乡吧！"

这时苏周的电话响了，他忙走开几步去接电话。电话里对方说了什么我不知道，但是他说的话我却听了个清清楚楚。

"这里的锂电产品已经开始大规模生产了。告诉技术研发部门，抓紧融合升级和技术改进的工作，以后我们公司生产的新能源汽车，全都替换成德阿工业园生产的锂电池！"

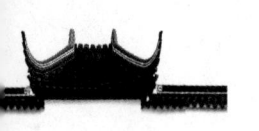

母亲失眠

　　我平常住在城里，很少回老家，这段时间因为有事要在老家住一阵子。我白天忙事，晚上回老家睡觉。

　　这晚，我正睡得迷迷糊糊，忽然听到屋后传来"乒乒乓乓"的响声，一直不停。我睡不着了，也无法再睡下去，忙披衣起床走向后屋。后门还开着，我走了出去。

　　正是半夜时分，月光很亮，地上被照得清清楚楚。屋后是我家的地，响声就是从那里传过来的。

　　我循着声音看过去，只见地里有人，仔细一看，竟然是母亲，举着锄头在挖那块地！

　　我惊问："妈，做啥呢？"

　　母亲停下锄头。"我把这块地挖一下种菜。"

　　我急着说："大晚上挖地，至于吗？"

　　母亲又抡起了锄头。"晚上凉快又有月亮，正好挖地。"又说一句，"没事呢，你去睡你的。"

　　我见母亲不肯回来，有些无奈，但自己白天还要出去做事，只好再咕哝几句，然后回来睡了。但母亲挖地的声音一直不停地传来，心里乱乱的，不知啥时候才睡着。

　　第二天，我没有出去，特意要跟母亲讲昨晚的事。

　　我说："现在啥都不缺，用不着那么辛苦。"

　　我又说："你已经年纪那么大了，不能那么劳累。"

　　我还说："大晚上的还那么拼命干活，万一有个闪失的，咋办？"

母亲只是回答："没事的，不要紧的。"

我最后生气地说："千万不要再这样了。"

见我真的生气，母亲低声答应："昨晚我失眠，今晚不会了。"

晚上，屋后又传来乒乒乓乓的声音，把我从梦中惊醒。母亲又在挖地了！

我长叹一声："唉，母亲又失眠了！"

突然想起，似乎以前母亲经常这样失眠。我用手背擦一下眼角的泪。

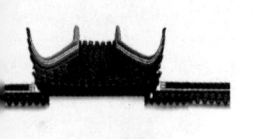

回 家

"今天无论如何都要回去!"记不清这是母亲第几次吵着要回家了。

本来想让母亲在城里好好过个年。知道她在城里待不住,便提前给她做了工作,说只过个春节,四五天就回。她也答应了。

没想到春节前一天,疫情便从武汉闪电般传遍全国,我们这里不可避免也受到了影响。网上几乎每时每刻都在更新着这样的信息,又出现了多少疑似病例,谁又被确诊了。一时人心惶惶。

那时,我们这个小县城还没有实行防控措施,但我已经意识到严重性,一边预先做着防控,坚持自我隔离,一边给母亲讲述疫情。

初一的早上,我说:"只要我们在家里待一段时间,守着不出门,任疫情有多严重,我们都不会出问题。"我既怕母亲随意出门去大街上,又怕母亲担心,这样说了也有安慰她的意思。

不料初一的晚上,母亲就跟我说:"我想明天就回去,你把我送回去吧!"

我有些惊讶。难道母亲不知道疫情的严重吗?这几天我一直在跟她通报情况啊!她没有任何理由还不清楚。

我只好又耐着性子跟她讲,讲完我又问:"如果我们现在就出去,你被感染了咋办?"母亲小声反驳:"坐自己的车,哪有那么危险？反正我是不怕的。"我加了一句："那，那……万一我被感染了，又传给了芳菲，咋办？"她怔了一下，沉默了。女儿芳菲是母亲最疼爱的小孙女。

就这样过了两天，关于疫情的传言越来越多。先是传出某镇某村出现了多少病例，然后又传出县城出现了多少病例，最后竟然传出某某小区出现了病例。某某小区就是我们隔壁小区，而这些关于病例的传言，也早已丢掉了"疑似"等字眼。

空气陡然紧张了。虽然门窗依然关得紧紧的，一丝风也透不进来，但我似乎感到了那些病毒死死地扒着门窗，想要扒出一道缝来，心里的恐惧感油然而生，再也无法平静下来。

这天，母亲又说要回去。我几乎是吼着对她说："你还不知道现在情况有多紧急吗？天天增加那么多病例，听说到处都实行了隔离、小区封闭、道路设卡、不准进出和来往……还怎么回？"

我并非完全是吓唬母亲。城里关于疫情的最新进展，确实是不断有小区开始封闭，各路口开始设卡，严格控制人员进出往来。正好政府也派出了宣传车，从楼下的街道经过，巨大的喇叭声听得人惊心动魄。就这样，母亲又消停了。

这以后，我给母亲讲得最多的是各地隔离的情况，哪个村又封闭了，哪条路又设卡了。后来，县城到乡镇的班车也都全停了。

这些情况我自然也都及时地"汇报"给了母亲。母亲只是静静地听着，什么也不说。

就这样到了正月初六。

正月初六一早，母亲郑重地对我说："今天无论如何都要回去！任你说破天，我也回去！"母亲无比坚决。

其实，本地的真实情况已有所好转，言传的疑似病例均已排除。我见再也无法说动母亲，于是不再多说，赶紧帮她收拾好行李，放到楼下的车上。

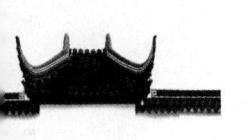

等母亲上了车，我发动车子，驶出县城。

一路上，车辆、行人很少，空荡荡的。车子快速行驶着，不时有横幅标语从车窗外闪过。

那是宣传防疫的标语。也许是村民自己"创作"的缘故，一些标语显得特别"土"气，其中一条是这样的："老实在家防感染，丈人来了也得撵。"

母亲也看到了这些标语，她不禁哈哈大笑起来。

路上果然有好几处卡口，每过一处，母亲积极地配合他们测量体温。好在一切正常，除了耽搁了些时间，并没有受到多大的影响。

回到老家已经是中午了，左邻右舍都过来打招呼。我们下了车，也一一地跟他们打招呼。我忙着把给母亲带的东西从车里搬进了屋里，而母亲却很快就不见了踪影。

返回城里不久，我就接到母亲的电话。

她对我说："我也知道病毒厉害，但我是一名老党员，不能只顾自个儿。我虽然早已从村妇女主任的位置上退休了，但退休不退党，做好本村的防疫抗疫工作，仍然是我应尽的职责吧？"

未等我接话，她又得意地说了一句，"我协助村干部把村口的防疫路卡建起来了，走的时候悄悄拿走了你的体温测量器，你可不能小气找我要回去哟！"

无法说出的孤独

昏暗的灯，清冷的夜。

屋里还有一台电视，电视里正放着节目。可是她觉得这电视节目里的人物也都是冷的，根本驱不走这一屋子的清冷。

她坐在椅子上，什么也不做，就这样百无聊赖地守着这一方屋子，让孤独感肆意地噬咬着自己的每一寸肌肤。

孤独感终于噬咬到心的时候，她便有了些恨。

她一件一件地数起了那些令她可恨的事情。

她辛辛苦苦做了米饭，他却吵着要吃馒头。

她想让他给自己递上一杯热茶，他却端起杯子只顾自己喝。

最后一次，她正兴致勃勃地看着电视剧，却被他突然换了体育节目。

她愈想，心里愈恨他，愈恨他，心里愈难受，于是她便不再去想。只是，不想的时候总是那么短暂，也就一小会儿，她便不由自主地又想了起来。

她想，他在城里儿子那住得还好吗？

她想，儿子做的饭食还都合他的口味吗？

她想，天气有些凉了，他加衣服了吗？

她又有些自怨自艾，为什么就跟他吵呢？为什么不多忍一下呢？

他的牙齿和胃都不好，觉得馒头软和好嚼，容易消化一些，为什么自己就不能做饭的时候多耐烦一些呢？

家里的重活都是他在做,他累了想喝杯茶,为什么那么在意没给自己喝呢?

他没有别的爱好,就喜欢看体育节目,为什么不能多让着他呢?

两天后,儿子打电话给她说,他要回来。

他果然回来了。她摆上了她做的饭菜,其中,饭桌上最显眼的便是那雪白的飘着香气的馒头。

饭后,她打开了电视,是体育节目。

然后,她安安静静地坐在椅子上看着。

只是,她一直沉着脸,因为她还无法对他说出自己的孤独。

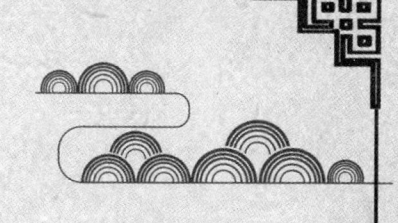

第四辑 热血魂

拯救英雄

他是英雄,但他正置身于极度的危险中,他浑然不觉。

我对他说:"我可以拯救你。"

他一脸惊讶:"你为什么要拯救我,你知道我是谁吗?"

我看着他空洞的眼睛,平静地说:"我知道你是英雄,正因为知道你,我才来拯救你。"

他一点也不信:"我好着呢!你看我的头上,是不是有个光环,他们说,这是英雄特有的,能让我拥有无比的能量和无上的快乐。"

我笑了笑:"你的危险恰恰来自那个光环。那光环确实是英雄所特有的,也让英雄笼罩在光芒中很耀眼,但那里面也会隐藏一些腐蚀你身心的东西,像病菌一样。"

我知道他还是不信。于是,我向他提出第一个问题:"你是不是有时候觉得有些空虚?"

他想了一下,回答:"是啊,我有时候觉得像失去了什么似的,心里空虚得很。"

我又提出第二个问题:"你是不是觉得很孤独?"

他略一思索,答道:"嗯,有时候,我觉得很孤独,想跟朋友说说话都不可以,不知怎么的,好像身边突然就没有朋友了——以前我可是有很多朋友的。"

我再次问:"你是不是有时候突然觉得很迷失,好像根本就没有自己一样?"

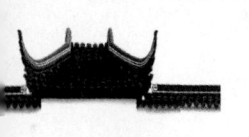

这是第三个问题了，我相信，这个问题问了后，他会相信我的。

果然，他猛地睁大了眼睛，张大了嘴巴，很吃惊地望着我，显然我彻底触动了他。

"啊，真的这样！有时候我突然觉得自己根本就不存在，好像这个世界根本就没有我一样，特别当我到处跟人讲演我的英雄事迹的时候。很多话根本就不是我想说的，可又不得不那样说，因为他们说那是一个英雄应该说的话。每当这个时候，我就突然觉得自己消失了，我不再存在了。但我潜意识里，还是知道自己本来是存在的。这种感觉真不好受，让我既痛苦又害怕。"

"你是什么时候开始有这样的感觉呢？"

其实，我知道他是从成为英雄的那一刻起就变得这样了，不过我还是要问，必须要他自己把答案说出来，才能真正地拯救他。

果然，答案和我想的一模一样。"就是从成为英雄的那一刻起，之前完全不是这样。"

我循循善诱引导着他："嗯，你这样下去很危险，处于一种迷失的状态，直至完全失去了自己。"

他已经完全相信我了。"你真的能拯救我？"

"当然！英雄能拯救世界，可我能拯救英雄。跟我来吧。"

我把他领进屋子，搬了两把椅子，一把给他，一把给我自己，我们面对着坐下。"其实很简单，所有的问题，都是因为你头上的光环引起的，拿下你头上的光环就可以了。"

他面露难色，我知道他舍不得那个光环。

我问："你真的快乐吗？"

他稍微抬眼望了我一下，眼神似乎有些迷茫，但最后还是摇摇头。

我又问："你还想找回快乐吗？如果想，那就必须拿掉那个光环。"

他想了想，终于点点头，问："那怎样才能拿掉这个光环呢？"

哈，这对于我就是一件再简单不过的事情了，跟着我的问题，照着问题做就是了。

我问："你是怎样成为一个英雄的呢？"

那天，他突然感到大楼晃动了几下。他想起爷爷告诉他的经验，马上判断要发生强烈地震了，于是大声喊叫楼里的人赶快往下跑，并在楼道里组织老人孩子往下撤离。当他最后一个跑出大楼的时候，一阵惊天动地的响声和剧烈的震动，大楼瞬间垮塌下来，在漫天的滚滚灰尘中夷为平地。因他及时发现地震并组织人们撤离，整座大楼的人都得以安然无恙地保全性命。

从此，他就成了一个英雄，头上多了一个属于英雄的光环。他的生活也发生了改变，到处演讲，做报告，被媒体热炒，成了一个人人景仰的明星。

是啊，英雄的光环，可以让你成为耀眼的明星，也可以让你从此看不清自己。

"成为英雄前，你是英雄吗？"见他有些不明白，我换了一种问法，"在做这件事之前，你是英雄吗？"

他说："不是，我只是一个很普通的人，饿了吃，困了睡，干着自己平凡的工作，跟朋友们聊天、玩耍，没有远大的理想和宏伟的目标，只想一天天过着这样平凡的日子。"

"是啊，你原本就不是什么英雄，只是一个很平凡的人，成为英雄只不过是因为做了一件事而已。"

他想了想，说："你说得有道理，我只不过是做了一件事，我还是我，英雄只是他们给我的一个称呼啊。"

我又问："如果当时不是你提醒、组织人们撤离，换作别人，发现要地震，会不会也像你一样提醒、组织人们撤离呢？"

他毫不犹豫地回答："当然会！我身边很多人都非常无私也

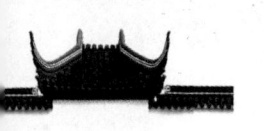

很热心，他们都会这样做的。事实上，那天不光是我，他们都在跟我一道组织人们撤离。"

我点点头："你可以成为英雄，他们也同样可以成为英雄，每个人都可以成为英雄，说明英雄本就是很普通的人，和别人并无什么不同。"

他像是一下子明白过来。"哦，我本来就不是什么英雄，即使他们赋予我英雄的称号，其实我还是以前那个普通的自己，和周围的人并没有什么不同，是吗？"

我赞许地点点头。"你空虚，是因为放弃了以前的那种虽平凡但充实的生活；你孤独，是因为你觉得自己与身边的人不同而不自觉地跟他们拉开了距离；你迷失，是因为你头上的光环太过耀眼，让你看不清自己。当你愿意放下这些，便能回到从前，你所失去的，便会重新拥有。"

他眼含热泪地望着我。"我愿意放下那个光环，请你帮我拿下吧！"

我微笑着对他说："已经拿下了。"

他惊讶地说："什么时候？我咋没看见你拿下来呢？"

墙角是一面立镜，我站起来把他带到镜子跟前，说："不信你自己看吧。从你明白你并不是英雄，只是一个平凡的自己，愿意主动放下这个光环的时候，它就已经被我拿下来了。"

他小心翼翼地站在镜子面前，只见里面真的只有一个平凡而快乐的自己，眼睛里闪烁着喜悦的光彩。

父亲的怨恨

父亲有怨恨，对爷爷的怨恨。

1958年冬，爷爷从抗美援朝的前线回国，又从部队复员回了家。回来的时候，除了一个黄布包裹，啥也没有。

爷爷回家的时候，父亲已经辍学两年了。爷爷不在家，家里没有主要劳动力，父亲不得不在十岁那年离开学校，顶起了家里这片天。

爷爷回家以后，接上面通知，安排他作为理事，组建本乡信用社，以后直接领导信用社的工作。上面这样安排，据说是因为爷爷上过朝鲜战场，并且立过三等军功。

然而，爷爷说："我没有文化，组建啥子信用社嘛，领导啥子嘛，我就回去种我的地！"上面几次挽留，他坚决不肯。

"没出息！"父亲骂了爷爷一句。

爷爷从此与信用社再无瓜葛。回家上坡下地，早出晚归，日子平淡无味，倒也心安理得。

但父亲的心里却从此埋下了怨恨的种子。

父亲之所以怨恨，一是因为自己从小就担起家庭重担，所有的抱负从此烟消云散；二是无论怎么努力，家里一直处于极度艰难中，一大家人要吃要穿，两个男人显然应付得相当吃力！父亲把这种状况归咎于爷爷没出息。

怨恨的种子渐渐生根发芽，越长越茂盛。天长日久，爷儿俩谁也看谁不顺眼，在一起就没有一个好脸色的时候。

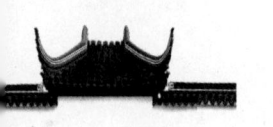

每当父亲发作的时候,爷爷总是无奈地叹息一声,一脸愧疚。

好在父亲也不多说。父亲是个好强的人,一向话少,只是说:"我没啥,家里一大窝子十多张嘴呀!"

爷俩就这样怨恨了一辈子。

爷爷八十八岁的时候溘然归西,走得十分安详。这个时候父亲也是七十来岁的老头子。俗话说人死仇灭,父亲的怨恨该了结了吧。但这个倔强的老头子,硬是没有哭一声,看样子是要把怨恨坚持到底!

父亲在捡拾爷爷物品的时候,在爷爷珍藏了一辈子的黄布包裹里拿出了一个小盒子。打开,是一枚银质的军功章,父亲默视良久,一滴浑浊的泪水掉下来,滴在军功章的红五星上。

换　防

黄昏，班长带着我们终于到了海拔五千三百多米的赛图拉山口。

突然一声大喝："站住！"

山口上出现了一群人，端着枪指向我们。

班长问："你们是什么人？"

对方不答，一个领头模样的人反问："你们是什么人？"

班长说："我们是奉命到此的边防部队。"

盯着我们的眼睛一亮，瞬间又暗了下去。

那人疑惑地说："你们不像我们的人。"

确实不像。这些人个个面黑肌瘦，衣服破烂不堪，如果不是端着枪，分明就是一群乞丐。

班长问："你们是什么人？"

那人说："我们是国民政府派驻此地的边防军人，我是排长。"

班长说："此地由我们驻防，你们走吧！"

那人激动起来。"四年前我们三十多人来到这里，如今只剩下了十七人。兄弟们卧冰爬雪，攀岩越谷，每天要做的就是让自己活着，最盼的就是能够回去。可是没有上级的命令，我们不能走。"

班长轻声说："国民政府已被推翻，现在是新中国了。你们已经完成使命，现在由我们换防，好吗？"

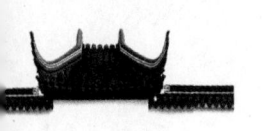

那人愣了好一会儿，低下头说："你们是胜利者，我们确实该走了……其实我们在这里也没做过什么，至今还没有遇到对方军人。"

班长说："你们已经做得非常好了。我们自己的国土，若自己不去守护，早晚会被别人占领。你们已牢牢地守住了这片国土的主权。"

那人有些欣慰。"不过最近边境有些异常，不时有对方的人出现，你们会守得住吗？"

他们走了。班长向着夜幕中远去的背影举起了右手，坚定地说："一定会的！"

不约而同地，我们也都举起了右手，大声说道："一定会的！"

逃 亡

你已好几次试图逃亡了!

第一次,你慢慢地走到门口,一闪身就到了门外。也许你既兴奋又害怕吧,你没有立时飞奔,而是徘徊着走远。

一声大喝:回来!

他威严的目光盯着你。

这是你最敬畏的目光。这既像利剑又像柔索一样的目光,可令你收起所有的锋芒。

于是你乖乖地回来。

第二次,那个夜晚,我们被一阵窸窣的声音惊醒。我们悄悄地起来,你正扒着铁丝网,努力想找到一处缝隙。

见我们围住了你,你停止了动作,知道已无法再达到目的。我们转身,你便也静静地跟在了我们身后。

第三次,一个下午,我们刚训练完,离开还未多远。你爬上了一个靠近围栏的木马,先做一个后蹲的姿势,然后凌空跃起。一声闷响,你却撞上了铁丝网,重重地跌落在地面上。

他又出现了,先把目光化成剑刺向你,但当他看到你头上的鲜血时,又将目光化成索缚住了你。

于是,你不再逃亡,只是无声地抗议,有意无意地用身躯去撞击一切,树桩、砖墙、铁丝网,将自己弄得遍体鳞伤。

你的极端让我们感到无力,不知道怎样去阻止。

终于,你发现了训练场边的铁丝网有了一个破口,像每次

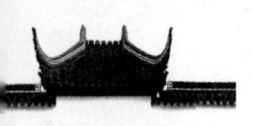

出击一样,你及时准确地抓住了属于你的机会。

孤独的身影消失在广阔的原野,但黑暗中有一双双黯然的眼睛。

我们在一处山坡找到了你,是你第一次立功的地方。那次,你忍住两处刀伤,将越境的嫌犯死死地摁在地上。

你静卧着。我们哭了,而他尤为伤心。

他说,你错了,难道我们会嫌弃你?不!没有一条英雄的军犬会因衰老而多余,你只是已经完成了自己的使命!

对　望

黄昏时分，一行六人抵达了边界的那处山脚。他们下了车，接下来需要徒步上山。山七八百米高，非常陡峭，原本有一条小路通到山顶，可是大雪早已将这条路吞没了。

雪还在下。上山不可能了，这样的天气，就算上山的路还在，也决计上不到山顶。人们有些无可奈何。

透过飞雪，视线更为模糊，但还能隐约看到山顶的样子——积雪覆盖的山头、树丛，还有那被积雪覆盖的高高矗立的石碑。

天色愈来愈暗，视线愈来愈模糊。规定的时间已不多了，就这样半途而废地回去吗？边界就在眼前，就差这一小段路，如何让人甘心？

有人拿出了一个黑色的东西，放在眼前对着山头。啊，望远镜！人们轻呼，迅速把脑袋都凑了过去。

这么多脑袋凑在一起，其实很难看清什么，但也有看清了的——每个人都觉得自己看清了——那积雪覆盖的山头、树丛，还有那高高矗立的石碑。

天色终于完全暗了下来，他们不得不乘车回去。可能不甘心就这样走吧，他们把双手放在嘴边呈喇叭状，向着山顶大声呼喊了一阵才最终离开。

他们不知道，山顶上的人早已看见他们了。那是两个战士，他们站在石碑旁，因为身上也覆盖着厚厚的积雪，身形早已融

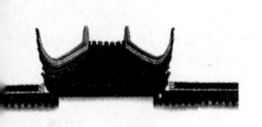

入在了树丛里。

当山下的人们用望远镜向山上瞭望时,他们也用望远镜和他们对望着。当山下的人们向山上呼喊时,他们也在向山下呼喊。

山下的人们喊了什么,他们并没有听清楚,但他们向山下的喊声却是那样的分明:

亲人们请放心,有我们守着祖国的边疆,你们一定会过一个安宁祥和的春节!

蓝眼泪

他拥着她，我给你带回一些蓝眼泪吧。

她很惊讶，蓝眼泪？

他微笑点头，嗯，蓝色的，一种只为幸福而流的眼泪。

通常她不用等多久他便回来了，见到他时便将一汪泪眼迎向他。不过，她的眼泪不是蓝色，而是透明的，满是她的柔情，惹得他怜爱不已。

但这一次她等了太久，他还是没有回来。

她便去想他说的蓝眼泪。真的有蓝眼泪吗？会是什么样子，在哪里呢？如童话一般，在大海深处的某个小岛上，而他也必须如王子一样，经历重重艰难才能取回吗？

就在她快要崩溃时，她接到了通知，让她去一下。

她不安地来到了他所在的地方，他们接待了她。

她知道了所发生的事情。他走了，请你不要悲伤，他永远是我们的好战友！

她没有悲伤。他是为我取蓝眼泪去了，他说过要给我带回蓝眼泪的。

蓝眼泪？是的，他是为你取蓝眼泪去了！

他们带她来到了一处海湾。暮色里，有人唱着幽婉的夜歌，海面依稀可辨，他们指着远方——那是他远去的方向。

她凝望着，如雕像般。

一阵海风吹过。突然，一湾浅海霎时泛起了蓝色的光芒。

蓝光映着海面，奇丽得如同梦幻。

蓝眼泪！他们惊喜地喊。

蓝眼泪？她疑惑地问。

那就是蓝眼泪，一种叫海萤的虫子。

这就是蓝眼泪吗？是他带给我的吗？她喜极而泣，泪水立刻涌了出来。

她走近那些泛着光的海水，掬了一捧在手里。海水里满是小小的虫子，每一个都发着蓝蓝的荧光。

她的眼泪掉进了海水里。

在荧光的映照下，掉进海水里的眼泪竟然也是蓝色的。一湾蓝色的光点，已分不清哪些是荧光，哪些是她的眼泪。

自由花

一九三六年冬，敌人的"清剿"更疯狂了。

那夜，刚经历了一场反"清剿"战斗，借着微弱的火光，陈团长疲惫地环顾了一下四周。在这片被炮火洗劫了的林间，到处是烧焦的树桩，到处是血肉模糊的尸体——有战友的，更多的是敌人的。

陈团长想，不能再这样下去了，得想个办法。

自从中央主力红军战略大转移后，为保存力量，牵制敌人，掩护主力红军，一九三五年三月，陈团长跟着将军带部队进入了赣粤交界的梅岭地区，打起了游击战。经过一年多残酷的战斗，陈团长身边仅剩一百多人，自己也负了伤。

敌人铁了心要把这支队伍消灭掉，几万大军不仅把梅岭团团围住，还进行了无数次地"清剿"。搜山，放火，无所不用其极。但这些都还能对付，敌人搜山，战士们就在山林里转悠，和他们捉迷藏。敌人放火，战士们就躲进山洞或者土坑里。可恶的是敌人放出狼狗。狼狗不仅凶猛，而且嗅觉灵敏。很快，越来越多的战士暴露牺牲了。好几次，陈团长也差点牺牲在狼狗的利爪毒牙下。

牺牲不可怕。陈团长想，从参加革命的那一刻起，自己就做好了牺牲的准备。但这一百多战士都是革命的火种啊，如果多保存一天，就能多牵制敌人一天，主力红军的战略大转移也就多了一分胜利的保证。难道，这点革命的火种就要如此熄灭

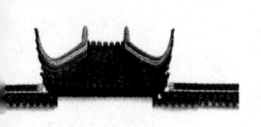

了吗？陈团长拧着眉头苦苦地思索着。

黑夜中传来一声低呼："陈团长！"

是冯先生的声音。陈团长低声答道："我在这里。"

部队进入梅岭后，山间阴暗潮湿，渐渐地，不少人身上起了疮泡，疼痒难禁，苦不堪言。冯先生是梅岭脚下的一个中医，有一次见到战士们的样子，便采来草药为战士们治疗。

冯先生采的草药叫星星草，是一种非常普通的草苗，梅岭遍地都是。这星星草虽然普通，却正是治疮泡的良药。战士们彻底解决了疮泡之苦。

陈团长因此认识了冯先生。他俩一个胸怀天下，儒雅丹心，一个医术高明，古道热肠，很快成为知交。

这段时间，敌人把梅岭围得水泄不通，不停地搜山"清剿"，冯先生已很久没上岭了。陈团长颇感意外，担心地问："冯先生，这么危险，你怎么来了呢？"

冯先生微笑答道："我是来劝降的。"

陈团长勃然变色。"劝降？"

冯先生收住笑。"陈团长别生气，我要不对他们说来劝降，又哪有机会带着'干粮'上山？您和您从事的事业都令我万分景仰，我早把自己当作了您的战士，又怎肯出卖您和战友们！"

陈团长缓和了脸色。"那你这么晚上山，肯定有很重要的事。"

冯先生回答："嗯，来不及多说了，如果明天一早不见你们下山，敌人将带更多的狼狗搜山。陈团长，快让战士们多采些星星草。"

"星星草？"对战士们威胁最大的，就是敌人的狼狗了。星星草虽是良药，但对付狼狗，陈团长却从未听过。他想，冯先生既然让采星星草，肯定有用，就马上向战士们布置了任务。

冬天的星星草都枯黄了，却并不难采。半夜时分，战士们已采回了很多。冯先生让战士们支起一口大锅，烧开一锅水，从随身的袋子里拿出一些糍团，放入锅中，再将星星草放入锅中浸煮。冯先生告诉战士们，如果敌人再来搜山，可将这些星星草放在隐身处。

等到一切停当，已是天近拂晓。冯先生望了望陈团长，满是恳求地说："陈团长，可以给我讲讲将军吗？"

陈团长一怔，但随即说："将军是一个传奇，最近他写了几首诗，冯先生如果喜欢，我当吟给你听。"

略一思索，他便缓缓吟出："断头今日意如何，创业艰难百战多。此去泉台招旧部，旌旗十万斩阎罗……"（陈毅《梅岭三章》）

陈团长忘情地吟着，冯先生痴痴地听着，当陈团长最后吟出"取义成仁今日事，人间遍种自由花"时，他也跟着喃喃地念了起来："自由花……自由花……"

陈团长点点头，说："自由花，就如这星星草一般，自由地生长于祖国大地，为人类做出自己的贡献。"

火光跳动中，陈团长满脸毅然。这是坚强的革命信念和大无畏的革命本色啊！

冯先生被感染了，紧盯着火光中的星星草，坚定地说："对，星星草就是自由花！"他举手向陈团长行了一个军礼，转身走下山去。

火边是冯先生遗落的袋子，陈团长捡了起来。袋子里有一些碎渣，陈团长闻了闻，一股强烈的气味刺入了鼻孔，他又放在嘴里尝了尝，只觉得又麻又涩。陈团长恍然大悟，这是半夏，能让狗嗅觉失灵的一种药材。

敌人的"搜剿"开始了，山间到处是人声狗吠。

战士们隐于林中，将星星草置于藏身处。奇迹出现了，狼狗经过星星草时，似乎特别害怕，不肯多作停留，稍有过多停留便会恹恹的，如病了一般。

陈团长藏在一个土坑里，用星星草盖住自己。他清楚地看

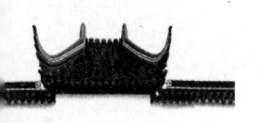

见，一个硕大的狗影从土坑上面跃过。

黄昏时分，敌人退去。几天后，敌人竟然撤出了梅岭。

陈团长来到山下，冯先生家中空无一人，房屋被破坏殆尽，断墙上贴着一张告示，上面说：村民冯某通"匪"，毒杀军犬，破坏政府的"剿匪"行动，已被当众正法。

残垣断壁前还有一些星星草。陈团长眼含热泪，轻声吟道："取义成仁今日事，人间遍种自由花。"

大地魂

老栓正在作坊里忙碌，几个不速之客闯了进来。老栓定睛一看，认得其中一个是顺子。

老栓停止了劳作，走近问："顺子，回来了？"

顺子平息了一下喘息。"栓爹，我回来看你了。"

"看我？栓子呢？"

"栓子？很好呢！他说很忙，托我回来看看你。"

顺子有些慌乱地用手揩了一把汗，不经意间从衣襟里掉出一样东西来。

老栓把顺子们让进里屋，悄悄地过去捡起那样东西来，却是叠得整整齐齐的一张牛皮纸。

老栓跟进了里屋，淡淡地说："顺子，你和栓子向来秤不离砣，你说他好，我信，麻烦你给他带些酒去。"

老栓一直希望栓子继承祖传的酒业，可是栓子毫不在意，说得多了，竟跟着顺子不辞而别，离家出走了。为此，老栓气得差点吐血，直骂栓子这个遭瘟丧的，死在外边别回来。

"但咱爹的酒确实好喝，香着呢！"栓子常这样说。

老栓淡淡的语气让顺子有些意外，不过他却没再说什么。老栓带着他们出了后门，屋后是一面山坡。老栓拿起一把锄头挖了起来，不一会儿便挖出了几十个密封着口的坛坛罐罐。

"酒！"顺子惊呼一声。

老栓点点头，眼有些红："那臭小子喜欢喝我酿的酒，带给

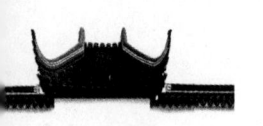

他和他的兄弟们吧!"

顺子看了看说:"栓爹,这酒还没有名字呢。"

老栓说:"这酒埋于大地,浸润了故土泥香,就叫大地魂吧!"

当顺子几个走远,老栓拿出了那张牛皮纸,长沙保卫战某部敢死队队长栓子的请战书上,那鲜红血字闪耀着老栓的眼。

老栓轻轻地说:"栓子,顺子,多杀鬼子,故土大地为酒之魂,我中华大地就是你们的魂。"

英 雄

他正顺着河堤走着。

前面传来呼救声，他想，是有人落水了吗？一定得把他救上来。但他忘记了，他的水性也不够好，这个河段自己也毫不熟悉。

他一边顺着声音寻找一边快步走了过去。果然，河心有个人在扑腾，身体在水里一浮一沉，情况十分危急。

他想，必须马上下去施救。但他忘记了，早春的河水还是那样刺骨的冷，自己贸然这样下去也会很危险。

他迅速地脱掉外衣，一下子扎进了水里，水浸入肌肤的那一刻，他猛地一抽搐。

他想……

他来不及多想，奋力地向落水者划去……

近了，落水者是一名男子。男子扑腾的动作已渐渐地小了，显然快不行了。

他迅速游到男子身后，左手推着男子的后背，右手划水，使劲地把男子往岸边推。

他想，我一定会把他救上岸的。但他忘记了，河水的寒冷肆意地浸入身体，刺得全身骨头直疼，自己身体已有些僵硬了。终于近岸了，岸上已聚了很多人，人们伸着手，有人伸过一根鸡毛掸子。

他奋力地把那人一推，大喊："我会水，先救他！"

他想，那人已落水很久了，再不救上去可能来不及了。但他忘记了，僵硬的身体和耗尽的体力，自己其实已是面临极度危险，也需要马上救助。

人们抓住了那名落水者。他有些欣慰地笑笑，沉了下去，他想再浮上来，却没有做到。

意识模糊中，他想，我这是就要离开了吗？爱人，孩子，原谅我不能再照顾你们了。但他忘记了，他就这样离开他们，他们会是多么的伤心悲痛。

这天，他忘记了很多很多。

人们却因此记住了他，把他叫作英雄。

老王头和他的五个"老婆"

几个后生从村头大树下走过,看见老王头正闭着眼睛坐在摇椅上摇晃着,便嬉笑着向老王头吆喝:"喂,老王头,又在想你的五个'老婆'了吧?"

老王头有五个"老婆",村里人都知道。

老王头放慢了摇晃,睁开眼斜了后生们一眼,懒洋洋地回答:"就是在想了,又咋呢?"

后生们不回答老王头的问话,而是停下来围在了老王头的身边,抓着摇椅说:"老王头,再给我们讲讲你的那些'老婆'呗。"

老王头先是一下子从椅子上直起了身,脸上精神焕发,爬满了笑,然后从衣兜里掏出一个小相册打开。相册里是一些发了黄的黑白合影照。

老王头一一地拿起照片,指着上面合影的年轻女人说:"这是春桃,在北京照的。这是若萱,在上海照的。这是依瑶,在南京照的……这是明慧,在长沙照的。"

这个明慧,后生们也都认识,就住在邻村。但奇怪的是,她跟老王头几乎从不多话,根本不像"老婆"的样子。

有一次,老王头和后生们在路上走着,正巧碰到明慧,后生们立刻嚷道:"老王头,你'老婆'!"明慧狠狠地瞪了老王头一眼,老王头却红着脸快速绕过明慧,慌慌张张走了。

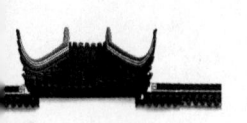

老王头病逝，下葬这天，明慧和四个老头来到坟前。老头们对着坟里说："王兄弟，在下面替我们照顾好老婆子们。你们以前一起在敌占区假扮过夫妻执行任务，是亲密战友，我们相信你能好好地照顾她们的。"

明慧也说："老王哥，老姜对我们以前假扮夫妻一直耿耿于怀。我已经告诉他不会再嫁，所以对你的感情假装不见。你下去跟他说一下，我没有对不起他哈。"

你是谁

六年来，他一直想抑制内心的烦躁，但却做不到。

此时，收音机正传出一首歌："你是谁？为了谁？……"

奇迹发生了，他渐渐平复了烦躁，跟着收音机哼了起来："你是谁？为了谁？我的兄弟姐妹不流泪……"

一首歌哼完，他已泪流满面。

母亲来看他，一边陪着他，一边给他扎着绣花鞋垫。

他说："我要学扎鞋垫！"

母亲有些诧异，但很快就转为鼓励："扎吧，相信你行！"

几天后，母亲再来时，他又回到了烦躁的状态。他咆哮着："为什么我总扎不好？"

母亲很无奈，一时不知道怎样安慰他，只好拿过他扎的鞋垫继续扎起来。很快，鞋垫上出现了一副精美的图案。

他自责地说："我想再听听那首歌。"

母亲问："哪首歌？"

他回答："那首《为了谁》。"

那段时间，这首歌正风靡于各个电台，母亲很快搜到了这首歌。

他一边听一边对母亲说："妈妈，你暂时别来看我。"

看他痴痴地听着歌，母亲笑着离开了。

1999年10月1日这天，他特意请来了母亲一起收听天安门升旗仪式的直播。当国旗班战士铿锵的脚步声响起时，他沸腾

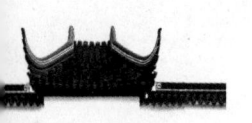

了，仿佛自己就在队伍里一样。

他兴奋地说:"妈妈，今天战士们就是穿着我扎的鞋垫进行升旗仪式的!"

妈妈很惊讶:"真的吗?"

他肯定地说:"是的!那次我听到那首歌时，被歌中子弟兵为了人民奋不顾身的精神所感动。我决心战胜高位截瘫，不再做一个废人，于是在这一年多的时间里扎好四十双鞋垫，托报社送到了天安门国旗班。"

他又轻轻地哼了起来:"谁最累?谁最美?我的乡亲，我的战友，我的兄弟姐妹。"

第五辑 世有相

卖肉世家

胡屠户正在场口的肉摊前吆喝："卖肉咧，卖肉咧，上好的新鲜猪肉，要买的快点咧！"

李二娃怒气冲冲地走了过来，指着案上的猪肉吼道："还吆喝呢，你这肉有问题，我都吃坏肚子了！"

胡屠户没料到李二娃来这么一出，急忙说："你胡说啥？你胡说啥？谁有问题呢？"

原来那天，李二娃突然肚子疼，吃了好几片镇痛片都不见好转，不得不去了医院。检查的结果，医生说吃了不好的东西食物中毒了，弄得李二娃在医院里挂了一宿的液体。

李二娃想，也没吃过啥不好的呀。米是自家种的，菜是自家种的，肉……哦，肉是在胡屠户那儿买的，那只能是肉有问题了！

这不，李二娃一早就来找胡屠户兴师问罪，要讨个说法。

胡屠户不干了："我胡屠户在此卖肉也不是一天两天了，也算是卖肉世家，街坊邻居哪个不知哪个不晓。你说有问题就有问题？你肚子有问题就赖我卖肉的？"

李二娃和胡屠户争执了半天，谁也说服不了谁，好在李二娃肚子已经不闹了，最后双方不了了之。

没过几天，张三娃也来到胡屠户的肉摊前，硬说胡屠户的肉有问题，害得他们一家都闹肚子了，要胡屠户给个说法。

胡屠户当然不会给张三娃说法。张三娃铁了心，定要跟胡

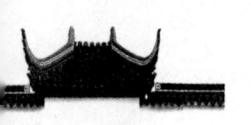

屠户磕个结果，见和胡屠户说不明白，毫不客气地反映到工商所王所长那儿。

王所长来到胡屠户的肉摊前，仔细地看了看，说："你卖的肉确实有问题啊！"

胡屠户争辩："哪有问题？我卖的肉自家也都在食用，要是有问题，我还不会先出问题吗？还能在这里好好地卖肉吗？"

王所长反复地跟胡屠户讲道理，最终罚没了胡屠户摊上的肉。

经此一闹，胡屠户的生意自是每况愈下，胡屠户郁闷得不得了。

赵四在场镇附近开了个生态养猪场，每天都是现宰的活猪，生意好得不得了。胡屠户决定亲自去考察一下。

考察完毕，主人热情留餐。胡屠户吃饱喝足，告辞回家。走了不一会儿，肚子就隐隐作痛，还未到家，已是疼痛难忍，不得不先拐进医院。

医生进行了各种检查、化验，却没有查出任何问题，用了很多种方法治疗，都不见一丝效果，胡屠户直一个劲地呻唤："疼！疼！"

医生们不知如何是好，胡屠户强忍疼痛，挣扎着说道："刚刚在赵四处就餐，我怀疑是吃了他的猪肉坏了肚子呢。"

医生又特意取了粪便进行了化验，依然没有发现任何问题。

正在医生们一筹莫展之际，胡屠户的老婆胡屠婆急匆匆地来到了医院，说："我家老胡确实是吃了赵四家的猪肉才有了问题。"

见医生们满脸疑惑，胡屠婆继续说道："其实，我们一直卖的都是问题肉，我们自家吃的也是这种肉，这些年吃习惯了，问题肉也就没有问题了。现在吃了赵四家没有问题的肉，身体一时不适应，反而成了问题了。"

被丢掉的珍宝

李果儿正在路上走，忽然看见一块珍宝。他可高兴了，心想这一下要发财了，便激动地细细打量。

可是打量着打量着，李果儿的高兴劲儿就没了。

原来，珍宝被沾了一大坨狗屎。

这坨狗屎臭烘烘的，还有强烈的恶心感。李果儿都要吐了出来！

李果儿进退两难：不捡走吧，这可是珍宝呢，很值钱的；捡走吧，可捡这种沾了狗屎的东西，会被人说成没有尊严。

李果儿一直想要做个有尊严的人。他犹豫再三，虽然心痛，但还是决定不捡。正好有个路人也劝了李果儿一句，说捡这样的珍宝要丢失尊严啊，会被人看笑话。李果儿最终一边心痛一边离开了。

李果儿继续走路，走了一里多吧，本来都已看不见这块珍宝了，结果不知怎的，心痛感战胜了仅有的尊严，于是又折了回来，继续打量着这块珍宝。

这一打量让李果儿有了新的发现。珍宝还是那块珍宝，但上面的狗屎不见了。

这个发现让李果儿欣喜万分，心想，这没狗屎的珍宝，捡了就不会让人说没有尊严了吧，应该可以理直气壮地捡了。

李果儿就捡起了珍宝，十分高兴地捧在了手里，不住地对转眼看过来的路人大喊："看，珍宝，真正的珍宝呢！"

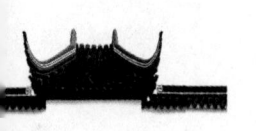

人们就过来看，有一个人看得还很仔细。不过他最后疑惑地问："为什么有一种恶心感呢?"

李果儿辩解说："不会吧，狗屎都擦掉了的。"

他本想通过辩解来掩盖自己，却不料这句话说漏了嘴。虽然最后意识到这个问题，但又一想，管他呢，反正没人看着自己。

——其实有人正看着他的，只是李果儿不知道罢了。

看着他的是站在高处的两个人，一个叫王坏坏，一个叫孙小臭。

王坏坏跟孙小臭打赌，将一个故意沾了狗屎的珍宝放在路上，如果有人捡了，就赔孙小臭一块更大、更值钱的珍宝。

李果儿第一次不捡，孙小臭便把珍宝上的狗屎擦去了，结果让李果儿第二次捡走了。

当时双方并没有说不可以擦去珍宝上的狗屎，这个赌局孙小臭赢了王坏坏。

孙小臭没有看到王坏坏因输了赌局而沮丧，相反，王坏坏还一脸得意的坏笑呢。他想不明白，也不想去弄明白——自己想要的大珍宝到手了，王坏坏，你爱笑就笑吧!

一双白净的手

白建章正走在大街上，意外遇到了小学同学秦书荷。秦书荷穿一身很潮的衣服，手拿一个精美的小皮包，正优雅地走在街头。

虽然相隔差不多有三十年了，但白建章还是一眼认了出来，三十年前定格的记忆中，那个水灵的小丫头和眼前的这个气质妇女毫不犹豫地联系在了一起。

白建章用兴奋的声音阻住了秦书荷："嗨，秦书荷！你是秦书荷吗？"

秦书荷冷不丁地被这声音一吓，果然停住了脚步。因为她正是秦书荷，所以在稍作迟疑之后应了一声："是啊，我就是，你是谁呢？"

白建章继续兴奋："我是白建章啊，我们小学时是同学！"

"哦，"秦书荷似乎记起来了，忙着点头说，"是啊，是啊，我记起来了，我小学是有一个同学叫白建章。就是你吗？"

见秦书荷记起来了，白建章再增加了一些兴奋，充分地向秦书荷讲述着自己一直保存在记忆深处的故事。

"我还记得那时候的事呢，有一次你拉着我的手，说我的手很白净，你很喜欢呢！"

秦书荷一边打量着白建章，一边努力地思索，搜寻自己的脑子里是否保存有白建章说的这个故事。

那时，秦书荷是班里最水灵的一个小丫头，受到众多男孩

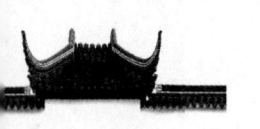

子的喜爱追捧，白建章是其中之一。因为白建章的每门功课都很好，又乖巧听话，正是老师的宠儿，受到几乎所有的女孩子的喜爱追捧，秦书荷也是其中之一。

秦书荷的家是农村的，农村的孩子从小便要承担一些家务，日子过得苦了些，成熟得也早些。白建章也是农村的，但秦书荷坚信，白建章一定会有出息。有一次课间，她趁没人的时候悄悄地抓住白建章的手说："你的手很白净，像是机关工作人员的手，我很喜欢呢！"那时，他们的理想便是要跳出农门，做一个机关的工作人员，那样就不用天天干农活了。

白建章看得出，秦书荷说得十分真心，不像说假话的样子，便红着脸，任由秦书荷摩挲了好久才把手抽回来。

后来，秦书荷辍学了，白建章从此再也没见到秦书荷，不过他一直把秦书荷眼中的那双白净的手藏在了自己的内心深处。

被唤醒的往事逐渐在秦书荷脑子里复活。白建章想要再说什么，秦书荷却陡然避开了他的眼睛，慌慌地说："记错了吧？记错了吧？我咋没印象呢？"

白建章欲要再解释，秦书荷打断了他，又重复了几句："记错了，记错了，没有的事！"边说边急急地转身走了。

白建章对着秦书荷消失的背影有些懵呆，等回神过来时，却发现自己印象中一直白净的双手突然满是粗糙的茧皮。

那个扫楼梯的男人

楼层不高，只有七层，那个男人从顶楼一直扫下来，还是费了很大的力气。

我在一楼看到男人时，只见他全身上下沾满了灰尘，没有一处干净的地方，仿佛满楼梯的灰尘不是被他扫走，而是全转移到了他的身上。他的额头满是汗，脸上涂满了乌黑的汗渍，不用说，这都是用手擦汗给弄的。

我们这个小区以前是单位房，没有物业，清理垃圾都是单位负责。后来单位倒闭了，小区里的垃圾就再也没有人清扫。楼道、院子里只好任由垃圾充斥，久而久之，大家都习惯了。

直到有一天，楼梯里却突然变得十分干净，那些堆积的垃圾不见了，大家才发现，原来是一个男人把楼梯从上往下彻底打扫了一遍。

说真的，我还真没发觉这个小区还住了这样一个男人，如果不是因为扫了楼梯，这个男人也许会一直不被我所知。不过，从这开始，关于这个男人的种种，便不断地被我所知晓了。

这个男人也是这个小区的住户，住在顶楼。男人以前是做什么的不得而知，不过现在却招了几个学生，在家里办起了辅导班。难怪，这段时间每天下午到晚间都有学生从楼梯上上下下，震得楼梯咚咚直响，原来是到男人家里辅导学习去了。

大人们上下楼梯时都会轻手轻脚，生怕吵到了楼梯里的住户。小孩子们却很淘气，不像大人那样有所顾忌，才不管会不

会吵到你，总是在楼梯里蹦着跳着，把楼梯踩得很响，动静大得整栋楼的人都知道。

我理解男人。孩子们这样吵着邻居，他总是心里不安，怕邻居会有不满，于是主动承担了清扫楼梯的事儿，人们便不好再指责他了，他也就会多了一份心安。

这样过了一段时间，邻里之间相安无事，楼梯一直保持着干净。楼梯只要有一点不干净，就会看到男人出来打扫，从顶楼到一楼，一直这样。邻居们有时候上下楼梯，看到男人卖力地打扫，也会挤出一些笑容，回应男人递过来的卑微的讪笑。

大约过了两个月。一天，楼梯里突然没有了学生。原来，有邻居找到男人，对他的辅导班提出了非议，男人只得退钱解散了辅导班。

男人解散辅导班的第二天，还扫了一次楼梯。扫楼梯时，还是那样小心翼翼地从顶楼扫到底楼，还是一层层地扫得那样干净。只是我见到他时，他的脸上没有了那一丝笑了，仿佛罩着一片阴云，勉强跟我挤了一下脸，却比哭还难看。

自那以后，一段时间，再也不见男人。没有了辅导班的楼道，恢复了往日的宁静。

渐渐地，楼层里该恢复的，也全都得到了恢复。以前被男人扫走的垃圾、灰尘，不知啥时候，又都悄悄地回来，重新挤满了楼梯道口。

习惯了走着被男人扫得干干净净的楼梯，再走被垃圾拥抱的楼梯，一时还真让人很不习惯呢。但我想，我们终究是会习惯这些垃圾和这个铺满垃圾的楼梯的。

日子不紧不慢走着，不经意间就到了年底。一天，我双手拎满了买的年货从外面回来，快要上楼的时候，就见楼梯口一阵尘灰飞扬，一个熟悉的身影正挥舞着扫帚。是他！那个为我们扫了许久楼梯又被我们遗忘的男人！

他也看见了我，暂停了手中的扫帚，有些歉意地说："唉，很久没有扫，都积了这么多的灰！"仿佛打扫楼梯是他分内之事，楼梯缺少了打扫就是他欠着我们似的。

我没有急着上楼，而是停了下来。我知道应该愧疚的是我，及我们这一楼的住户。但为什么要停下来，停下来又能做些什么，我却又非常茫然，只好怔怔地看着他。

他满是灰渍的脸上丝毫没有刚解散辅导班时的沮丧，又带上了盈盈的笑意，但那些卑微却也没了踪影。目光相接，恰像二月的阳光照在身上，让人感到既温暖又舒服。

终于，我问了一句："老师，这段时间你去了哪里呢？"

他收住了笑，像是回忆似的说："辅导班解散后，我没有了收入来源，只好去外地打工了。在一家工厂做了几个月，也没挣到多少钱。"

没等他说完，我突然打开包，从里面抽出两百元钱，就要递给他。

男人急忙慌乱摆手。"大姐，你这是……你这是……"

他哪里知道，当初怂恿邻居非议他的人中，也有我一个，我这贸然给钱的行为，只不过是对我心存的羞愧无意识地掩饰罢了。

男人显然没有看出我的这个心思。他长长地吐了一口气，接着说："不过，现在好了。我准备回老家乡下做点项目，老家闲置的土地多，我想了一下，这个可行。本来想先回乡下的，想着楼梯许久没有打扫，可能已经很脏了，于是就来先扫了楼梯，再回去。"

他叹了一口气，又说："以后可能来不了，这楼梯……"

男人仿佛有说不完的话。我静静地听着，不知道怎么搭话。男人最后说："知道吗？现在的乡下其实很美，虽是农村，却没有这么多的灰尘，干净得很。"

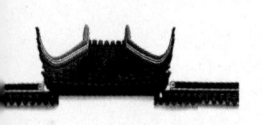

男人突然收住话，不再说下去了，眼睛里满是向往。我想，男人是在向往着将要归去的乡下吧。

碧蓝的天空，翠绿的田野，精致的独栋乡间小楼，劳作归来坐在长凳上一边闲聊一边喝着大盅茶水的人们。我脑子里不由得浮现出这样一幅画面。我相信男人的话，他口中的那个乡下绝对很美，很干净。

男人走后，我就肩负起这扫楼梯的事。我想，也许有一天，男人会回来，看到这楼道也是干净的。

埋葬自己

真的，这是一件真事，老湾村有个叫福兴的老汉要埋葬了自己。

最先，福兴说自己有个弟弟要回老湾村了，这个弟弟失散多年，福兴最近才联系上。

这是老湾村一件不大不小的新闻。说不小，是因为老湾村一直平静得像老湾里的那一片茅草，从来没有过什么新闻，以前没有过，今后也不会有，至少像福兴一般的六七个老汉们都这样认为。说不大，是因为老湾村这些年有的搬走，有的打工长年不回，就剩下这一帮子快入土的老人，再大的事儿，也就只在这几个人中间流传，影响有限得很。

那一天，福兴一早就出了村子，去迎接自己的弟弟，不到晌午，就回来了，是哭着回来的。老汉们围了过去，福兴一边干号着一边向着身后努嘴："弟弟没了！"

老汉们一看，福兴身后的架子车上，是一口崭新的黑漆棺材。

老汉们不禁黯然，陪着伤心难过。是啊，一个孤苦伶仃好几年的老人，突然有个弟弟要回来，这是何等高兴的事情，哪知道人回来了，却是这样的结果，将心比心，能不难过吗？众人体会到福兴的心情，却不知道怎样安慰他，只有默默地帮着把棺材推回家。

老汉们推着棺材到了福兴的家里，福兴向众人道了谢，说

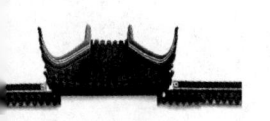

明天再麻烦帮忙埋一下,就埋在老湾的茅草地里,然后两眼呆呆的,话也不说。老汉们劝解了一会儿,便各自回家了。

第二天一早,老汉们来到福兴家里,那口棺材就摆在院里。福兴却不在家,他是事主,需要他亲自操持的事情很多,众人也不在意。等到吉时,还不见福兴回来,众人怕错过了吉时,来不及再等,便抬着棺材来到茅草地,挖了坑,把棺材埋了进去,垒起了一座尖尖的坟。

老汉们做完了这一切,已是中午,还不见福兴回来,有人问:"福兴呢?"都说不知道。等到下午还不见福兴回来,又有人问:"福兴呢?"

老汉们这才感到很不寻常,有人就想:"莫非……"众人赶忙来到茅草地,刨开那座坟,打开棺材,福兴赫然躺在棺材里!

事情的结局有些平淡无味。后来天已经黑了,那座刨开的坟隐在了夜色中,然而有些或明或暗的光,让夜看起来并不那么浓,还能隐约看见几个老汉围在那里。其中一个说:"老哥哥,你有啥可担心的,我们这几把老骨头,谁先走了不是指望着剩下的几个送入土中?"黑暗中有人哭了,是福兴的哭声。

扶不扶

我和朋友走在大街上。远远的躺着一个人，走近一看，原来是位老人，躺着一动不动，无疑是摔倒的。

街道两边人来人往，竟没有一个人上前把老人扶起来。这年头，人的素质是越来越低了，不过也不怪他们，好心扶老人被讹的事太多，谁还敢乱发这种善心呢？

不过也有不怕的，那就是我。我毫不犹豫地走过去，也毫不理会周围无数双善意的眼睛——虽然我并没有看四周，但我知道一定是存在着的。

当我走近老人，正要去扶时，躺在地上的老人突然一下子抱住了我的腿。

"小伙子，赔钱吧！"老人一脸狞笑。

担心的事终于发生了！可我一点也不慌，我既然敢扶，自然有恃无恐。

我平静地说："大爷，我是扶你的，街上视频可以证明。"

大爷得意地笑了："我早就查看了，这一条街上没有视频。"

我愈加冷静："我有证人的，我朋友可以为我作证。"

这时，呼啦一下围过来男男女女好几个人。"我们都可以作证，是你撞了老人，认栽吧！"

看来是早有预谋的精心安排。有点麻烦了，我沉住气，既然是重复一个老旧情节，我没有必要待在这里。

我抬腿要走，却被老人死死抱住，我一使劲，老人被带出

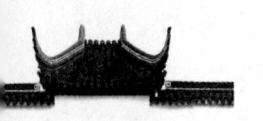

了老远，我看到他痛苦地咧了咧嘴。

这时，一个人冲到跟前，拿着一个手机直对着我晃，满脸狂笑："你踢老人，我已录下了全部过程。拿钱吧！"

还这么神气呐！我从兜里掏出一物对着他们一扬，几个人立刻就蔫了，任由我和朋友大摇大摆地离开。

我掏出的是急性短暂性精神病性障碍证明。

为孩子多挣点

矿洞里黑漆漆的,像一个巨兽的嘴。工友们都摸索着往外走,有人放下手中的镐,他顺手拿起来,那人对他说:"德顺哥,该吃午饭了,都在往外走呢。"

他狠狠地紧了紧裤带,闷声说:"你们走吧,我再干一会儿。"

他想为孩子多挣点,孩子五岁,就要上学了,上学就开始花钱了。

十五年后——

天色渐渐地暗了下来,密密的脚手架在昏黄的天幕下,像一根根锋利的铁签。工人们开始顺着架子往下撤,他往上看看,咬咬牙,正要往上爬,有人大吼一声:"德顺叔,下班了!"

他抹了一下脸上的汗,扭头也吼一声:"忙完了剩下的这点活,我就下来。"

他想为儿子多挣点,儿子二十岁,已快大学毕业,找工作、结婚,这都得花不少钱。

二十五年后——

时间还早呢,街上空荡荡的,人很少。他一边徘徊着一边走,看到了街道中间那个白白亮亮的东西。他快步走了过去,知道那是一个塑料瓶。就在这时,一声刺耳的摩擦声,他和那辆疾驶而来的车撞上了。

有人惊呼:"德顺爷!"红色的血从他的身下缓缓流开来,

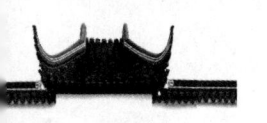

他的头偏向一边，似乎正看着那个触手可及的塑料瓶。唉，他还想为儿子多挣点呢，眼看着孙子也上大学了，正是用钱的时候。

他想对匆匆赶来的儿子说："孩子，我只能帮到这儿了。"可剧烈的疼痛让他再也说不出一句话。

即使他能说得出话，儿子也没空听了——他临终都放不下的儿子正忙着和车主讨价还价。

灯 光

天空明月如镜，虽然是在夜色中，远山依稀可辨。

道不甚宽，盘山而行，山道弯弯，从山顶绕到山底，不知绕了多少个弯。这样的路，是这一带山区农村的标配，主要用于农民开着三轮车买化肥种子和卖粮食蔬菜，或者利用农闲时做生意，一般很难在大白天见到大一点的车辆，更别说在晚上了。

我平常根本不走这里，这次因为回老家，不得不走。好在我对自己的驾驶技术还算自信，又加上爱车配置的是既漂亮又先进的车灯，将前方的路照得亮堂堂的，驱车行驶在这条道上，我还算得心应手。

车窗外，夏虫唧唧，凉风习习，车内音乐悠扬，爱车在山道上逶迤而行。车灯照着前路，车开得顺手，我不禁想到一句充满诗意的句子："有光的地方就有路。"想到这里，我惬意起来，一边娴熟地驾驶着爱车前行，一边哼起了歌。

意外说来就来。正在我得意扬扬之际，就见前方灯光所及处，一辆三轮车快速地驶过来。我赶忙踩下刹车，又是按喇叭又是变换灯光向三轮车示意。但三轮车却毫不理会，丝毫没有停下来的意思，径直地撞了过来，终于"砰"的一声，撞在了我车子左前方的车灯上。

我急忙打开车门下车，察看车子损坏情况。虽不是太严重，但对于爱车的我来说，任何一点损伤都会让人心疼万分。

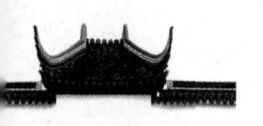

不过，我却并不着急——我开着车灯，对方没有开车灯；我早已停了下来，对方没有及时停车，无论怎样判定，都是对方全责。借着月光和车灯的光，隐约可见那是一个五十多岁的男子，穿着一身旧衣服，满是沧桑的脸，一脸惊慌的神色。

我大声问："是怎么开的？干吗不开灯呢？"

那人哭丧着脸说："没……没事吧？"

我质问道："有这样开车的吗？"

那人辩解回答："我哪知道这路上还有车呀，看到月色好能见着路，就没有开灯。"

我生气地说："这一下看你怎么办！车头擦伤，车灯……哎哟，车灯撞坏了，这要修好没有一千元下不来。"

车灯上有一道印子，似一个小裂口，如果不是仔细看，还看不出来。

那人呆住了，半晌嚅嚅地回道："这……我好好地在路上开着，谁……谁知道会有车辆啊！我走了这么多次也没出过问题，你一在这条路上就有问题了，你……你不也有责任吗？"

见他这样近乎耍赖的辩解，我心里的恼怒终于迸发了。我沉声说道："好，我不跟你辩，我报警，行吗？是你的责任还是我的责任让警察来判断。"说着，掏出手机，就要报警。

那人见我要报警，马上止住了争辩，低声哀求说："别报警行吗？我认赔……你说赔多少？"

见他软化了态度，我也不再报警，想了想说："换车灯怎么着也不会低于一千元钱。这样吧，看你也不容易，就赔八百元钱吧！"

那人一下子蔫了，虽然是在夜色中，但我还是看到了他眼中的悲哀和无奈。我有些于心不忍，但又想，一来我让他赔八百元还真的不多，二来呢，如果不让他赔钱，他以后还会这样，指不定还会出什么事故——这也算是为他好吧！

僵持了一会儿，那人抖抖擞擞地从衣服里面摸出一个小布包，打开，是一叠卷在一起的钱。那人数了数，数出八百元钱递给我，然后又将所剩不多的钱卷起来，揣进了衣服。

见那人付了钱，我也不再纠结，又说了他几句，然后开车走了。

回到家，我跟母亲说起此事。母亲惊讶地问："那人是不是五十来岁，穿着一件旧土布衣服？"

我说："是的。"

母亲又问："是不是开着一辆红色的三轮车？"

我肯定地说："是的。"

母亲再问："是不是车上搁着几个大桶？"

我回忆了一下，说："好像是的。"

母亲沉默了一会，叹口气说："那个人叫冯元富，靠着赶场时做点豆腐生意。他是小本生意，收入不高，八百元也许是他赶好几场才赚得的一点钱呢！"

母亲的话让我很惶恐，我老家也是农村的，知道农村的艰难。当时只想着自己的损失能够得到赔偿，哪里想到其他的呢？

后来，我也想过要不要去找冯元富，把这八百元钱退还给他。但一来呢，我更换车灯花了一千二百多元，收他八百元确实已经让了不少；二来呢，如果他见我还钱就认为是我自觉理亏，当初是我在讹他，我岂不是满嘴说不清楚？这个念头在我心里虽时时涌起，但最后总是被压了下去。

现在，每每开着车行驶在夜间，那温暖的灯光照着前方的路时，我不再只想到那句"有光的地方就有路"，我还想到一句："有光的地方就有爱。"也许，用自己的宽容之心，以爱善待他人，才配心安理得地与一束温暖的灯光相伴前行吧？

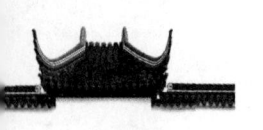

神秘的背包

金秋的太阳照在身上暖洋洋的。人们来来往往，汇成一股股人流，穿梭在城市的大街小巷中。

其间有一个二十多岁的男子，骑着一辆电动车，背着一个大黑背包。

大街上这样的一个背包客，本也不会有人刻意去注意。因为骑电动车背背包的人比比皆是，他们或是行进在上下班的途中，或是奔波于生意场的两头。

但这个背包客却也有些奇怪之处。一般的背包客，基本上是早上从此过，晚上从此回。这个背包客却一直在大街上转悠，不走进哪栋大楼，也不走进任何市场，似乎就这样漫无目的地转悠着。

难道这个男子天天很闲，不工作或者不做生意吗？

男子名叫张信，有一个漂亮的妻子和一个可爱的儿子需要养活。张信背着背包骑行在街道上，不是闲得没事，而是在上班工作。

天天骑着车在街上闲逛就是上班工作？没有搞错吧？

对，没有搞错，基本就是这样。不过当然没有这么简单，张信每过一个小区或商场附近，就要停下来发条手机短信。

当然，这仍然是一份很轻松的工作。当初张信到这家公司应聘时，公司对张信几无任何要求。既不看学历，也不看专业，更不问年龄，只要求应聘者有一辆电动车，会发手机短信。

张信满怀疑惑，这也太简单了吧？这些条件张信都有，可是，这样就可以得到工资了吗？不过公司说，工资日结，工资多少与发的短信多少有关。张信左思右想，始终也想不出自己会有什么损失，便决定加入公司了。

张信应聘后的第三天，便收到公司寄来的包裹，打开一看，里面是一个神秘的黑色背包。说背包神秘，是因为背包里除了装有两部手机，夹层里面似乎是一台电子设备。究竟是什么设备，张信也弄不明白。

收到背包后，张信向公司预留的联系电话做了汇报。没多久便接到一个男子的电话。男子叫孟明，公司的工程师，是来对张信进行培训的。张信在跟公司汇报时，公司也说了派工程师培训的事，于是把孟明请进了屋里。

培训其实很简单，主要是一些简单的操作和交代一些注意的事情，张信很容易就掌握了。

从此，张信就成了一个背包客，白天背着背包骑着电动车出去，晚上回来。公司每天早上将要发送的短信发到一个手机上，然后张信用另一个手机发送出去。短信都是一些介绍快速致富的内容，附有链接网站，打开网站就可以详细了解致富信息。手机信号其实跟背包里的电子设备是相连的。张信只要把短信发出去，电子设备收到手机短信，再自动搜索附近的手机信号，然后再自动发送出去。张信因为刚做，一天大约可以发送三万条信息。下午约五点钟，张信给公司负责人汇报一天的发送量，公司就将张信应得的报酬直接打到张信的银行卡上。

过了几天，张信突然接到孟明的电话。孟明详细问了张信的工作情况，并说自己一天能发六万多条。原来孟明除了是公司的工程师，自己也亲自做。孟明嘱咐了张信几句就挂了电话。

发送六万多条短信就是六百多元，一月就是近二万元。对一个普通人家来说，这已是不菲的收入了，一家人从此就可以过上好日子了。张信一想到美好的前景，不由得心里喜滋滋的。

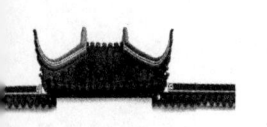

这天，张信在街上碰到吴康。吴康是张信的朋友，在外打工，这次回来看望父母。两人在闲聊中，张信向吴康描述了自己做背包客的经过。吴康到底见多识广，疑惑地说："有这么简单的工作吗？该不是有什么问题吧？"吴康听说有一种设备叫伪基站，能够以其为中心，搜取一定半径范围内的手机卡信息，通过伪装成运营商的基站，强行向用户手机发送诈骗、广告推销等信息。擅自使用伪基站是一种违法行为，吴康劝张信把事情搞清楚，不要被不法分子利用了。

听了吴康的话，张信再也无心发送短信了，赶忙回家上网查看。果然，自己正在使用伪基站向别人发送不良短信，打开短信里面的网址，有的是一些黄色网站，有的是一些赌博网站。自己正在帮不法分子做着害人的事情呢！

张信还了解到，《中华人民共和国刑法》第二百八十八条和《中华人民共和国治安管理处罚法》第二十八条分别规定了擅自使用无线电台/故意干扰无线电业务正常进行，是有可能移送司法部门处罚的。张信吓出了一身冷汗。

第二天一早，张信依然背上背包，骑上电动车按时出门。不过这一次，他不是去大街上发短信，而是走进了派出所。原来他听了妻子的劝告，决定去派出所自首，主动说明情况。

派出所没有处罚张信，因为张信也是不知情受了蒙蔽。而更重要的是，在张信的协助下，孟明及所谓的公司领导被悉数抓获，从而一举捣毁了这个使用伪基站的不法团伙。

几天后，张信跟着吴康登上了远去的火车。张信决心跟着吴康，通过自己的双手踏踏实实地挣钱，让妻子和孩子过上好日子。

爱情花园

靳东一到公司，王总就告诉他，有客户投诉他工作没有做好。王总虽没多说什么，但靳东还是感到了无形的压力。

靳东懊恼不已。当初自己以985大学营销管理专业高才生的身份进入淮市互邦地产经纪公司，一是专业和这家公司对口，二是该公司"专心、专注、专业、专家"的企业理念适合自己的口味，靳东相信，凭自己的能力一定会干出名堂的。进入公司后，他精明强干，业绩一个劲儿地往上蹿，成了公司的大能人，又加上一表人才，深受领导喜爱和同事羡慕。没想到还是出了纰漏。

靳东先跟自己生一阵子闷气，然后回忆是哪个环节出了问题。

投诉信是一个叫晓菲的客户寄来的，说她购买的爱情花园小区房产和宣传的情况不一样。爱情花园是淮市龙城公司的产品。龙城公司是淮市最大的房地产开发公司，互邦早就想拿到他们的业务。互邦的多位业务员向龙城业务发起了冲击，都一一败阵下来，没想到前不久靳东竟一举拿下了龙城最大的项目——爱情花园。

这单业务做成没多久，靳东还记得这位客户。第二天一早，他就联系晓菲，晓菲说，需要到爱情花园面谈。

爱情花园位于穿城而过的淮河南滨，这里风光秀丽，龙城公司花高价拿下此地，倾力打造成淮市最高端的房地产项目。

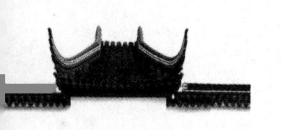

原先并不叫爱情花园，靳东接下此项目后，仔细研究了该产品的消费群体，发现淮市年轻人因喜爱这里风光旖旎而多到此谈情说爱，故向龙城公司建议将小区改名为爱情花园，定位于年轻情侣，并增加相应的配套。哪知，问题就出在这一名字上。

晓菲早已等在了这里。

这是一位美女，青春靓丽，肤白貌美，打扮素雅而又高贵，当时把靳东着实惊艳了好一阵子。靳东觉得这样一位气质美女，肯定背景不凡，多半是海归的豪门二代。这样的人家境殷实，事业有成，唯一感兴趣的可能就是爱情了。果然，晓菲津津有味地听完靳东推介后，当即就买下了爱情花园最好的一套三居。

轻易做成了晓菲的单子，靳东除了相信自己能力外，还相信一定是自己走了好运。谁知，这笔业务竟让自己吃到了入职以来的第一笔投诉。看来，晓菲是有意为之，要跟自己过不去了。再看晓菲时，只感到晓菲的眼里全是锋利的刀子，扎得他浑身不自在。

晓菲却像没事人一般，见了靳东招呼了一声。靳东低声问："能告诉我为什么投诉吗？"

晓菲回答："你欺骗客户。爱情花园的房子跟你宣传的不一样！"

靳东讷讷地说："楼层情况、小区绿化、公共设施都跟宣传的完全一样啊。"

晓菲说："你说这里可以邂逅爱情，可我住进一个多月了，至今没有遇到，你不是欺骗我吗？"说完狡黠地一笑。

晓菲的笑让靳东有些发冷，他认定晓菲是故意找碴，心想这事一定不会善了。但他明知对方狡辩，却无可奈何，因为自己当初确实这样说过。

靳东正在想着，晓菲说："这样吧，看你一时想不出怎么办，你跟我上楼慢慢想去，总得把我投诉的问题解决掉吧？"

靳东无法，只得跟着晓菲来到屋子里。晓菲的屋子装修得简约而又精致，处处透着不一般的特质，让人看了有一种说不出的舒服。

靳东突然紧张起来，满口的伶牙俐齿不在了，面对晓菲的一再逼问，只有不停地结结巴巴："我……你……"

正在靳东窘迫不堪的时候，里屋突然传出几声大笑，走出两个人来。

靳东见了二人，惊讶不已。一个是王总，而另一个，竟然是龙城赵总。

赵总笑着说："丫头，别为难靳东了。"又对靳东说："小靳，龙城下一个楼盘，是我女儿晓菲独立开发的，也是我女儿留学回来后的第一个房地产项目。她向你买房，就是想找一个可靠的合作方呢。"

靳东不安地问："那……这投诉？"

赵总说："投诉的事好解决啊！"他对着靳东耳语一阵，然后哈哈一笑。

王总也说："你小子要不把投诉的事解决好，我可跟你没完！"说罢，也哈哈一笑。

晓菲看看笑着的两位长辈，又看看一脸释然的靳东，脸却突然红了。

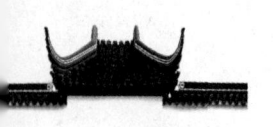

同　学

梁小小一回到青山县，就接到桔子打来的电话。

桔子说，想请梁小小吃饭。"老同学，我们也有二十多年没见着了吧？同学一场也该聚聚了。我还请了几位当年班上的同学，他们都说很想见到你。"

梁小小不相信桔子会想着自己，本不想去，但桔子这样说，他又觉得不好推辞，只好答应了。

桔子是梁小小的中学同学，暗恋过梁小小，但不知怎的，梁小小对桔子没有一点好感，根本就不搭理。要说两人有交集，也就这样一个交集，梁小小自始至终都没把这当回事。中学毕业后，桔子没能考上大学，回家待着，梁小小则没有辜负自己的好成绩，继续去大学深造了。两人至此再无见面。

梁小小大学毕业，先是回到青山县，分在一个单位上班，上了十来年却是平平淡淡，觉得这样没有意思，辜负了自己一生所学，便辞职下海去了。梁小小下了海，一身的才华并没有为他带来财富，反而混得远不如当初在单位时。身边人给梁小小总结原因，梁小小这恃才傲物的性格，根本不适合在社会上混——看谁都不顺眼，谁跟你做朋友？没有朋友，哪有生意上的资源？梁小小自己倒是心安理得，虽然混得莫名堂，却不肯放下自己的臭脾气。渐渐地，以前的朋友圈子烟消云散，仿佛压根儿就没有过什么交集。

只有这个桔子，偶尔有消息还传到自己的耳中。据说桔子开始做起了生意，生意越做越大，先变成了一个小老板，然后做到了大老板，最后做成了大老总，成为青山县一个呼风唤雨的人物。

桔子约的地方是县城最气派的饭店，梁小小很容易就找到了预订的那个雅间。房间很大，装修得富丽堂皇，说不出的豪华感。桔子早就到了，坐在里面等着，围桌而坐的还有好些人，其中有几人似曾相识，梁小小一看就知道是昔日的同学，虽然二十来年没见着，那面影却能倏然让人想起来。有几人梁小小却怎么看都想不起来。

梁小小想："也许是太久了确实想不起了吧？"

梁小小正在想怎么化去"贵人多忘事"的尴尬。桔子却招呼他了："梁小小吗？快来快来，我们都到了，就等你了。"然后拍了一下身边的椅子。

梁小小过去坐下，偷空瞄了桔子一眼。虽然二十多年没见，桔子的模样变化竟然不大，基本还停留在梁小小的记忆里。桔子穿一件深蓝色低胸的知性女装，白皙的胸在灯光的映照下，散发着迷人的光泽。梁小小初看时一惊，再看时内心微叹，最后却有点丧气，内心强撑的那点自尊心陡然消失得无影无踪。

桔子似乎看出了梁小小的窘境，并未向梁小小做任何询问，只是向梁小小介绍着那些围桌而坐的人。认识的同学，也要介绍一下，只不过点到即止，重点是那些不认识的。"这个是张局长，这个是李局长，这个是何局长……"每介绍一个，梁小小便点一下头，对方便回点一下头。也有不回点头的，梁小小倒也不在意，这么多局长什么的，他也记不住。那些局长们便跟桔子谈话、敬酒。

"欧总，今年的利润又有两亿了吧？"

"欧总，您的总资产要超过二十亿了吧？"

桔子姓欧阳，这样只称呼一个欧字，表明了这关系非同一般。

桔子便捧了酒杯，笑吟吟地回答："哪里哟，哪里哟，还不是领导们的大力支持！"

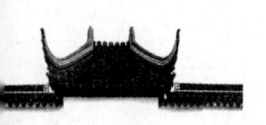

或者叹一口气,说:"唉,离二十亿还差得远呢,估计是没有机会做到那么大了。能力有限,辜负了领导们的期望了!"

桔子和局长们喝酒聊天,梁小小便在一旁听着,基本不插嘴。他也很好奇,想知道这个女人发展到如此成就,到底是怎样做起来的。梁小小自己做得莫名堂,但并不是他不想好好发展,而是他做不到,骨子里他也是想的,偷偷地学一些经验,倒也无伤大雅。

但桔子和局长们只顾相互吹捧着,梁小小一直也没听出个所以然来,这顿饭也就吃得索然无味,好不容易候着饭局结束,和桔子招呼一声,便逃也似的离开了。

这以后,桔子的那顿饭局便像梁小小做过的梦一样,并没留下太多回忆,梁小小的生活也未因此出现任何改变,一切仿佛回到了从前。只是桔子的消息多了起来,也不知怎的,这些消息就传到了他的耳中。

如,桔子又做成了一个大工程,又赚了两千万。又如,桔子现在的资产已经过了二十亿。这些消息对梁小小来说,本无任何价值。梁小小认为,桔子是桔子,梁小小是梁小小。桔子的任何消息都让梁小小的内心波澜不惊。

也有让梁小小内心不平静的消息。这消息大约来自桔子那顿饭局五个月后的某一天,青山县的欧阳局长被上级纪委抓走,一同被抓走的还有几个什么长。梁小小初时并不在意,后来突然想起,欧阳局长不正是桔子的父亲吗?被抓走的那些人里面不正有那晚饭局上的那些局长吗?

又过了大约三个月,梁小小偶然在街头闲逛,却不经意间看到桔子,她正带着一伙工人在一个工地打混凝土呢。桔子脚穿一双雨靴,挽着袖子,顶着头上的烈日使劲地铲着混凝土,看上去明显苍老了许多。梁小小突然有些可怜桔子,心想,再没有老爸庇护的桔子,还能挣够二十亿吗?如果她当初不被老爸织起的关系网罩着,完全靠个人的努力打拼,也许现在就不会吃这样的苦了。

托辅生小龙

我新找到一个挣钱的路子，开托辅班收了几名学生，都是一些成绩较差的孩子。为了便于管理，这些孩子大都来自同一班级，平时也多在一起，这样就减少了一些麻烦。因为是托辅，不同于正式的师生，我又只辅导他们完成家庭作业，所以，他们学习有问题，我总是个别私下地讲，保持足够的耐心。一段时间下来，我们相处得倒也融洽，效果也非常不错。

一天，有个叫小龙的孩子找到我，想进托辅班，我自然求之不得，于是收下了他。

小龙进来的第一天，我就见识了他的"本事"：作业错误满篇，一些特别简单的题都出错。

我倒也不在意，托辅班嘛，一般也是跟不上的孩子才有需求。没办法，我只有对小龙多多费心了。

只是无论我怎么努力，小龙却不见提高，倒是别的孩子都还不错，作业一直完成得很好，保持着明显的进步。

好不容易一学期结束。暑假前一天发通知书，我也到了学校，借此了解孩子们的情况，为下学期做准备。孩子们都还不错，我有些释然。我问了下小龙的情况，随口问的。

孩子们回答："小龙又是第一呢！"

我大吃一惊："第一？他那么差竟然考第一？"

孩子们有些不满："小龙才不差呢，他是班长，成绩一直都是第一！"

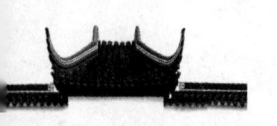

我不解地问:"那他在托辅班怎么那么差?"

一个孩子说:"我们以前都是跟小龙在一起做作业的,进了托辅班后,小龙担心我们做不好,想进来继续跟我们在一起,怕你不收他,才这样的。老师你别告诉小龙,他不让说的,让我们以后就在托辅班好好学习。"

我感觉有些热,脸上火辣辣的。

贫穷与富有

狗娃靠在墙根上,看着不远处手拿馍馍边吃边玩的同学直咽口水。

这是一个偏远的山村学校,集合了十里三乡的十几个学生。由于离家较远,学生上学都是早出晚归,家境好一点的学生,中午都是从家里带了馍馍做干粮。

狗娃没有干粮,因为狗娃家里每顿吃着都很困难,更没有多余的往学校带,父母从来没有为他准备过,甚至不准他看嘴。每到中午的时候,狗娃只有眼巴巴地看着那些同学吃着带来的馍馍,而那些同学也像是故意显摆似的,总是拿着馍馍在狗娃面前晃来晃去。特别是那个琼,一边吃还一边拿眼乜斜着狗娃,本来挺漂亮的一双眼珠子变得难看死了!

臭丫头!狗娃在心里骂了一句,肚子饿得更难受了,但似乎有一种东西扎得心里比饿更难受。直到三十多年后,狗娃一直记得那种东西叫贫穷。

狗娃家住在一条大河边,河水清清的,映着青青的山,说多美就有多美。而更神奇的,是河边滩上满是美丽的石子。狗娃常常捡一些石子藏在书包里,偷偷地带到学校玩。那个时候,玩石子是一件很时髦的事,特别是在女孩子中间。

有一次,狗娃课间拿了石子独自玩,被那个臭丫头琼看到了。这些紫蓝色的石子通体指头大小,比琼的眼珠子还漂亮呢。

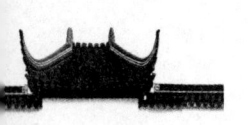

琼一下子就喜欢上了这些石子。

琼想跟狗娃交换这些石子,看狗娃时的眼神也不再是那样乜斜着了,而是瞪得圆圆的,满怀热切期盼的样子。

狗娃没要琼的馍馍,狠狠地咽了一口口水后,大大方方地把石子送给了琼。

那一刻,狗娃觉得自己很富有。

泼

饭馆的一隅，甲乙二人一边喝茶聊天一边等着上菜。

甲："听说新闻了吗？女顾客由于对服务员不满意而被服务员泼了开水。"

乙："听说了，本来就是一件小事嘛，没想到那个服务员如此恶劣……可怜那位女顾客了！"

"为一点小事就泼开水，现在的人呐！——不过，怎么是服务员恶劣呢？顾客态度首先就不对嘛！"甲有些激动，声音有些提高。

"明明就是服务员不对嘛！服务做得不好，听顾客批评几句也是应该的嘛！"乙也有些激动，声音也有些提高。

"顾客就了不起吗？就不能有事好好商量吗？人都是有血性的，不作死就不会死，造成这样的结果不是活该吗？"甲似乎由激动变为愤怒了，不光声音更大了，甚至还夹着粗气。

"为顾客服务是服务员的基本职责，接受顾客监督和批评是服务员的基本职业道德。态度不好说几句又咋的了？怎么着，现在不是要负完全责任承担全部后果吗？"乙似乎也愤怒了，声音更大了，夹着粗气。

…………

声音越来越大，场面越来越乱。双方说了什么已听不清楚，听得清楚的是一些骂人的脏话；似乎说了什么也都不太重要了，重要的是，双方各自拍了桌子，相互指了鼻子。

最后的结局是，甲端起了桌上的开水杯子朝乙泼了过去。

干爹保佑

张大财是仁爱镇有名的富豪，而他发家致富的秘诀，是因为拜了一个干爹保佑自己。

张大财的这个干爹，是一个流浪老人，现已七十多岁了，叫清老人。关于清老人的情况，仁爱镇却是无人知晓，只知道他无家可归，天天在垃圾堆里找食，晚上便回到镇子东边的桥洞下。清老人很和善，见谁都笑眯眯的。

张大财跟自己的哥们——富有镇的李总吹嘘时，并不隐瞒这个秘密。

其实也没啥可隐瞒的，拜清老人作干爹，在仁爱镇已不是秘密。

在仁爱镇，拜个干爹保佑自己能去病消灾，享富贵荣华，这是固有的风俗。拜的干爹须是穷苦而善良的人。穷苦，便心中无惧，可以驱逐邪恶；善良，便会广结善缘，可以求得神佛赐予。清老人便是最理想的人选，仁爱镇绝大部分人都拜他作干爹，特别是所有的生意人。

拜干爹很讲究，要举行很隆重的仪式，准备好香蜡纸钱，还要封一个九元钱的红包，有长久的意思。

李总很上心地听张大财吹嘘。近来生意不顺，老亏钱，张大财吹嘘完，李总也就在心里做出了决定——到仁爱镇拜干爹去。

第二天，李总备好香蜡纸钱和红包，开着自己的奥迪车，径直驶向仁爱镇,到了镇东的桥边,等到天黑,却也没有见到张大财所说的那位清老人。李总进镇子向人一打听,原来清老人因为贫病,已于一个月前身体衰竭死了。

李总十分懊恼,想马上开车回去,可是一转念头,最后又忍住了。

清老人死后,因为无儿无女,一直没有人埋,最后是镇上的穷老头德老人把他埋了。

李总决定明天就找德老人拜干爹去。

第五辑 世有相

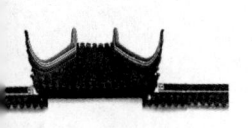

专业哭丧

烟雾缭绕的灵堂里，四五个男女正在哭着不幸的死者。只见他们身穿白色孝服，头缠白色孝布，正哭得昏天黑地，稀里哗啦。哭声时而腔调悠长，时而气息急促，时而低沉幽怨，时而高昂激越。

其中有一个中年汉子，更是声情并茂，如诉如泣，悲切之情溢于言表。人们无不被哭者对死者的真情所深深地感动。

其实，这几人只是做哭丧服务的，那中年汉子是老板，叫阿毛。在本城，他们可是名气很大的专业哭丧服务队。因为哭得好，服务到位，在本城颇受欢迎，请的人很多，阿毛因此挣了不少钱。

这年冬天，阿毛的老父亲说病就病，因为上了年纪，加之阿毛忙生意没有来得及送医院，竟然病重不治，不久撒手归西。

跪在老父亲的灵柩前，阿毛怎么都哭不出来。

原来阿毛一直都是为别人哭，现在为自己哭，总觉得不习惯、不自在。

阿毛想去请一家哭丧服务队，可是又觉得犯愁。这几年阿毛哭丧生意越做越顺，原来几家做哭丧服务的都被他挤垮了，最后竟由阿毛一家做大，成了独家经营。

阿毛犯愁的是，该上哪儿找一家哭丧服务队呢。

鳕鱼的眼睛

沙局长很喜欢吃鳕鱼，每到饭店就餐，必点鳕鱼。鳕鱼是一种深海鱼类，很贵。但沙局长并不担心价格，因为每次去饭店，自有人买单，不必自己掏钱。

沙局长吃鳕鱼有个怪癖，喜欢吃鳕鱼的眼睛。也不知道他从哪儿听说的，吃了这种深海鳕鱼的眼睛可以让自己的眼睛清亮，看东西看得特清楚。

果然。他跟老王吃了鳕鱼后，看到了老王送他的土特产的袋子里装了20万元，也看到了老王想把儿子安进局里的想法。

他跟孙科长吃了鳕鱼后，看到了孙科长递过的饮料箱里装的30万元，也看到了孙科长想升任副局长的愿望。

他跟钱经理吃了鳕鱼后，看到了钱经理奉上的大牛皮纸袋里装的50万元，也看到了钱经理想承揽局办公楼装修工程的心思。

总之，每次都看特准。

不久，沙局长被人举报受贿，审讯他的是纪委郑书记。沙局长拼死抵赖，拒不交代问题。

后来，沙局长偶然听说郑书记也吃过鳕鱼。再审讯时，只觉得郑书记的眼睛化成了一双鳕鱼的眼睛，闪闪地望着自己。沙局长只觉得毛骨悚然，心理防线彻底崩溃，为了减轻处罚，不得不交代了全部问题。

不过沙局长说："我要立功，有线索举报！"

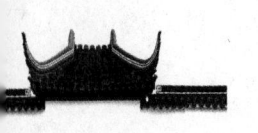

沙局长举报的线索，就是郑书记也吃过鳕鱼。

郑书记终究没有被调查。沙局长没有想到，郑书记确实吃过鳕鱼，不过那是他五岁的小孙子吵着要吃鳕鱼，郑书记疼爱孙子，就去水产市场花了几百元买了两斤回来特意做给孙子吃。

沙局长还有一点没有想到，郑书记并没有吃鳕鱼的眼睛。鳕鱼的眼睛全被郑书记的孙子吃了。

木 匠

李木匠带着徒弟们忙乎了一个多月,终于到了上梁立房的日子。

最关键的时刻到了。众人立起排扇,李木匠指挥着大梁缓缓上升。把大梁穿在两面排扇的柱眼上,把两面排扇连起来,就算成功了。

突然,一个徒弟大喊起来:"师父,大梁短了一尺!"热闹的场面突然静了下来。大梁做短了?这李木匠也太草包了吧?众人的目光,齐刷刷落在了李木匠的身上,心想,这下看你李木匠咋办!

李木匠沉着脸,并不理会众人的目光,呵斥着自己的徒弟:"笨蛋!大梁短了不会扯长了吗?"于是,两边排扇上的徒弟各抱着大梁的一头,"嘿"了一声使劲一扯。

徒弟又叫了起来:"师父,大梁扯长了,可是太粗,穿不过柱眼!"师父大吼:"粗了不会用手往细里把一下吗?"把是本地土话,就是捏的意思。徒弟用两手把着大梁,"嘿"了一声,向师父喊了一声:"师父,大梁细了,穿过柱眼了!"

上梁立房继续进行,最终顺利完成。

众人都惊呆了。

同样惊呆的还有河对岸的张木匠。张木匠想,这李木匠确实比自己高明多了,自己行艺多年,何曾听说过这等本事!当下,辞了主家,遣散徒弟,来到李木匠跟前,要拜李木匠为师,

学那把大梁扯长把细的本事。

李木匠也不推辞，收了张木匠为徒弟。按照木匠行业里的规矩，徒弟要给师父背三年的背篓，跟着师父无偿地做三年的活。

三年过去了，张木匠要出师了，向师父讨教把大梁扯长把细的绝艺。李木匠说："不是已经教你了吗？"

张木匠纳闷："何时教我了？"

李木匠说："扯长，把细，扯长把细，不就是你要学的吗？"

张木匠愣了一下，就想狠狠地打自己几个嘴巴子。原来，扯长把细，是本地的一句俗语，就是做事要时时细心的意思。

那个李木匠是个特别细心的人。那晚张木匠偷偷锯短了他的尺子，李木匠很快就发现了，只是不露声色，重新换过了尺子。到了上梁立房的这天，他和徒弟们合演了一出戏，专门演给张木匠看的。

封顶大吉

"恭喜！恭喜！"人们双手抱拳，或是伸出一只手。

"同喜！同喜！"一位红光满面的男子亦双手抱拳，或是伸出手去及时握住伸来的手。

今天是万利商业城第22号楼封顶的日子，开发老总欧总要举行盛大的封顶仪式。仪式地点就在大楼前的工地现场，楼顶早已挂上了"封顶大吉"的巨幅海报，楼前摆放着十多张桌子。

欧总人称欧老大，短短几年，从一个街娃儿做到本县最大的房地产开发商，是本县的传奇和骄傲。

封顶仪式正式开始，欧总咳嗽几声清清嗓子，首先说几句感谢的话，然后介绍自己的项目，鼓励大家来此置业，之后是主人准备的露天大宴。

一片狼藉后，接下来的节目是放烟火，红色的火和青色的烟在空中弥散开来，映着海报上"封顶大吉"的四个血红大字，灿烂绚美而又奇幻诡异。

突然有一缕烟，从大楼一个窗中飘了出来。大楼里怎么飘出烟来呢？难道烟火飞进大楼里引起失火了吗？

奇怪的是众人谁也没有动，偷偷地看看那缕烟，再偷偷地看看欧总的脸。

这时，一阵风吹来，从那个飘烟的窗口飞出了一片黄色的纸，那分明是祭奠时烧的纸钱。原来，昨天工地砖墙倒下来砸

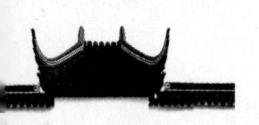

死的那个老头，还没有抬走，停放在那里。纸钱带着被烧过的痕迹，在楼顶的海报前打了一个旋，又随风飞走了。

欧总的脸上还是挂着笑，仿佛这些他根本就没有看见，只是那笑容分明有一丝僵硬。

第二天，偌大的工地空无一人。"封顶大吉"的巨幅海报被风撕开了一道老长的口子，空气中还残留着淡淡的烟味。

出　息

强表弟比我小两岁，可比我有出息。

有出息的强表弟成了我的学习榜样。老妈教育我："你看你强表弟多有出息，你比他大，却一点不如他，好意思吗？"我羞愧难当地低头不语。

亲戚们当着我面夸强表弟："强娃儿好有出息，将来一定是个有本事的人。"并有意无意地斜眼瞟我一下，我只有尴尬地把头扭向别处。

大舅总是在人前谦虚说："我们小强啊……哪有什么出息呀。"可是看他脸上洋溢着喜色，分明就是说有出息的意思。强表弟正是大舅的独生子。大舅说到强表弟时没有提到我什么，看他脸上的表情，好像站在他旁边的不是我而是他的那个小强。

我在心里立下志愿，一定要像强表弟那样，做一个有出息的孩子。

大舅一家住在镇子里。强表弟八岁的时候，在大街上的一个摊子旁，有个背着背篼的妇女挤了他一下，强表弟抓住背篼一掀，那个妇女连着她的背篼便摔倒在了大街上。

强表弟十二岁的时候，跟一个高年级的学生起了冲突，强表弟只一拳，把那个足足高他一头的高年级学生打出一丈多远。

强表弟十四岁的时候，从学校出走，结识了一帮哥们，一帮人扒火车，打群架，闯遍大半个中国。

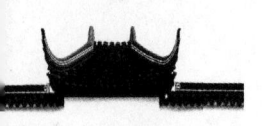

我和强表弟的差距越来越大，我知道，今生是不会像强表弟那样有出息了，只有闷着头读书。

后来，我去看望大舅。这一年强表弟二十岁，因持刀伤人，被法院判刑十年。

我们谈起了强表弟，大舅长叹一声："唉，他现在出息大了！"

309 病室

309病室又住进来一位病人，听说是癌症，虽然还没确诊，但已足够打击病人和家属脆弱的心。一家人把病人安顿好，然后陪着病人哭个没完没了。

也难怪，摊上了这样的病，谁承受得了，但这样哭个不停，让人心烦意乱。没有一个好的心情，还如何安心养病呢？

不行，得去反映一下！经过再三思索，我走进了医生办公室。

我的检查报告下来了，看后我脸色一沉，报告单上的结论是癌症！

几个脑袋同时凑了过来，确实是癌症。

几双眼睛关切地盯着我。

但我没有想象中一个癌症病人那样应有的悲哀和消沉。

癌症并不可怕，是可以治好的。我跟他们讲了我认识的一位癌症病人，家人们非常绝望，连医生也说不能康复。但他就是不信，相信自己一定会好，总是保持着好的心情，几年过去了，现在还好好的呢，都看不出曾经患过癌症的样子。

接下来的日子，我每天积极地配合医生的治疗，闲时到窗口晒晒太阳，到楼下的小花园散散步，让自己始终保持乐观的状态。日子就这样波澜不惊地一天天过去，我的病竟然一天天好了起来。

一周过后，医生向我宣布，我已完全康复，可以出院了。

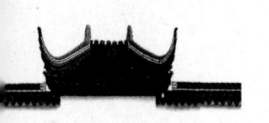

室友向我祝贺，他的检查报告还没下来。现在，他已不再哭闹，也能像我一样，坦然地等待即将到来的一切。我也再一次祝福他，鼓励他。不管他最终的检查结果能不能确诊，让他以积极乐观的心态去面对，以便更好地治疗，我能做到的，只有这些了。

我走进医生的办公室，跟医生相视一笑，接过他递来的肺病检查报告单，然后换下那份结论是癌症的单子。

做个发财人

明月镇的吴有富想做个发财人，很想。

可是吴有富觉得自己做不了发财人，心里很苦恼。

有人说："吴有富，你已经是个发财人了啊，还在想发财啊？"

吴有富懊恼地说："哪里有？我根本就没有发财啊！"

吴有富天天最重要的事情，就是琢磨怎样才能让自己发财，越是琢磨，便越是觉得自己很难发财，吴有富便越是觉得痛苦。

又有人说："吴有富，去清风镇找找张天喜吧，也许他可以教你怎样做一个发财人。"

张天喜是清风镇有名的发财人，吴有富也听说过他的名字，略一踌躇，便作了决定，去清风镇找张天喜。

清风镇距明月镇不过二十多里，吴有富走了不过两个时辰，便就到了，跟人打听到张天喜的住处，便径直向张天喜家走去。

吴有富走着走着，远远地看到一座房子，根据路人的指点，吴有富知道那就是张天喜的家了。稍近，吴有富看清那座房子就是一座普普通通的木板房。吴有富自己住的是高宅大院，没想到张有喜住着这样的房子，心想："都说越发财的人越低调，这张天喜的房子可比自家的差多了，这么低调，一定是个发财人。"

吴有富见到了张天喜，说明来意，请教发财的秘诀。

张天喜哈哈一笑，说："我虽然是清风镇有名的发财人，可

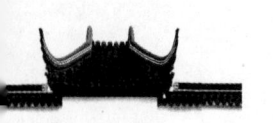

也听说过你呢，知道你一心想发财。但是，当你赚了三万块时，说再有五万块就发财了；赚了五万块时，说再有八万块就发财了；赚了八万块时，说再有十万块就发财了……你始终没有一个固定的目标，所以你的发财是一个很遥远的事情。

"当我赚了一百块时，我就觉得发财了，因为有两百块就可以解决一段时间的生活问题；当我得了二十块时，也觉得发财了，因为十块也可以解决一天的生活之需；当我只赚了一块时，我还觉得自己发财了，因为我的辛苦总算没有白费，带给了我收获的快乐。我并不懒惰，只要天天努力，总有收获的，所以我觉得自己天天都是一个发财人。"

界 桩

土地刚承包下户的那年,张有德到自家的承包地里去锄草,走到地里还没开始抡锄头,就气炸肺了。他发现自己承包地的界桩往后退了二尺多。

界桩那边是汪脑壳的承包地。

"界桩?我不晓得哩!如果是移了位置,你就移回去嘛。"汪脑壳打起来了马虎眼。

这汪脑壳,脑壳里就爱琢磨占点别人的便宜,落下了这个诨名,这名儿还是张有德给起的呢。

张有德见跟汪脑壳说不出个啥名堂,只好自己气鼓鼓地把界桩移回了原处。

经过了这一次,张有德以为汪脑壳应该有所收敛,再不会偷移界桩了。哪知到了第二年,界桩又一次被移动了!

张有德又去找汪脑壳理论一番,把界桩移了回去。

此后,一年,两年……界桩就这样在两家的承包地界上移来移去。

时间久了,张有德竟忘记了界桩应有的位置,仿佛那个界桩根本就不存在一样。

这汪脑壳年年占自己的便宜,虽然不是多大的事,但鲠在张有德的心里,却颇不好受,渐渐地两人便有了隔阂。

地里的界桩弄不明白,两人心里倒是树起了一道界桩。

张有德从城里回来后,汪脑壳一个劲地向他堆着笑脸,说

缺什么他家都有，尽管拿就是。张有德感受着汪脑壳的热情，心里再没有不舒坦的感觉，那道横在心里二十多年的界桩，不知道何时消失不见了。

其实，张有德早已不把界桩的事记在心里了。自己进城跟儿子生活，又舍不得荒了自家的土地，不得已交给汪脑壳打理，谁知道汪脑壳会怎样动那界桩？

当张有德无意识地走到地里后，突然发现，界桩的位置依稀就是二十多年前刚承包下户时的那个位置。

大　师

大师成为大师后，变得和普通人不一样了，身体里因为装了太多的成功，看起来比普通人膨胀了不少。

大师常常在镜子里独自欣赏，或者在人前尽情展示，非常满意自己发生了这样的变化——自己经过不懈努力获得成功，不就是想变得跟普通人不一样吗？

但是普通的人们却想变得跟大师一样，几乎所有的人都想。

于是人们纷纷对大师顶礼膜拜，极力吹捧颂扬，表示要追随大师，成为像他那样的成功者。

大师得到了人们的吹捧颂扬后，悄然发现，身体又膨胀了不少，比以前看起来更高大一些。

原来人们的吹捧颂扬都被自己的身体吸收了，在身体里变成了养分。

如果自己一直被人们这样吹捧颂扬，岂不是可以让身体一直膨胀下去？到时自己就可以变成无限大，像最伟大的山峰一样高不可攀。而这，正是大师的理想。

大师说："跟着我吧，我带领你们成功，到时你们就跟我一样了！"

于是人们又纷纷走在大师的身后，踩着大师的脚印，跟着大师走向成功之路。

大师又发现，跟在他身后的人群中，每当有人成功时，他的身体竟然也跟着膨胀，成功的人越多，身体膨胀得越大。原

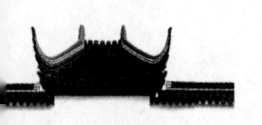

来别人的成功也成了他身体里的养分。

　　因为跟了大师的缘故，成功果然变得简单了。时不时就有人取得了成功，大师的身体也无止境地膨胀着。

　　终于有一天，大师控制不住自己的身体，向着天上飘去。原来大师的身体膨胀时，相对重量却在减少，当膨胀到无限大时，身体却变得无限轻了。

　　当人们寻找大师时，发现大师已消失在天边，只剩下一个模糊的小黑点。

赏花记

本市斥巨资打造的世界花木博览园建成了，我有幸先睹为快。方圆十里的园子，展示着几千种花木，一片片姹紫嫣红，一朵朵争奇斗艳，让我看得如痴如醉，十分尽兴。

第二天，我又去了那园子，这次我是专程陪朋友去的。有好东西彼此分享，这是我们这对好朋友一辈子的约定。一路上，我按捺不住喜悦的心情，滔滔不绝地对朋友讲述着园子里的盛景和我的感受。

"园子里面全是花，好几千种花呢！各种颜色、各种形状的花都有，简直就是一个花的海洋……"

朋友的眼里闪过一丝欢喜，但倏然一闪而没，再无更多的变化。

"很多名贵的花种，又奇异又香艳，都是我们以前不曾见过的，听说是从国外引进的呢……"

朋友的脸色一下子变得阴沉起来，并非我想象的满含热切的样子。

"园里特别引进了几株紫色朱丽叶。一朵朵盛开的朱丽叶，如盛装的少女般闪动着无限的风情，透着高贵的紫色，真的是一个迷人的梦幻之境啊……"看到紫色朱丽叶是我和朋友一直以来的最大心愿，以前这种花只存在我们无数次的梦境里，因为我们只听闻过这种花，而从未见到过关于这种花的任何一星

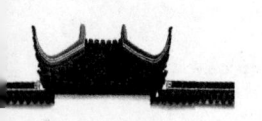

半点的资料,以为这种花就只是一个传说而已。

朋友终于愠怒着脸色发作了:"你究竟能不能闭上嘴呀?"

我诧异地问:"为什么?难道你怀疑我说的不是真的?"

朋友一脸懊恼:"我当然不会怀疑你的话,可你这样喋喋不休地说出来,让我如何体验出乎意料和眼前一亮的感觉呢!"

我猛地一拍脑袋。嘻,都怪我搞忘记了,原来朋友最近迷上了闪小说。

怯懦者

这是他来的第一个城市，找到的第一个工地。

他小心翼翼地往里打量。工地上一片忙碌，没有一个人注意到他，仿佛他对于他们，压根就不存在。

工地前面停着一辆车，挺豪华的那种，他说不清那是什么车，车旁边两个老板模样的人正在交谈。两人谈得起劲，也没有注意到他，好像对于他们，他依然压根就不存在一样。

他想走近一点，以便完全看清这个陌生的地方，可不知怎的，心里忽然涌起一种不安。这种不安阻住了他的脚步，使他再也无法向前迈进，只在原地犹疑。

"干什么的？"身后突然响起了大声的吆喝。

这吆喝声本来也不大，可不知怎的，他觉得很大，像是一声惊雷，吓了他一跳。他便也像确实被惊雷击了一下，脑袋嗡嗡的有些晕了。

他本能地回头，把正面转向了声音传来的方向，却见两个跟他穿得一般模样的人，不同的是两人戴着破旧的安全帽，显然是这工地上干活的。

他惶恐地站立着，嘴里嗫嚅着，想说什么，却又不知道说什么。

然而，两人并非冲他而来，只那么稍微停留一下，又继续往里走。他松了一口气，心里的惶恐突然减轻了一些，嘴里那句嗫嚅着的话终于说了出来。

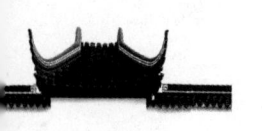

"我想……想找活干。"

两人并没有搭理他，也许是说得太轻没听见吧，不过走了几步远，其中一个人很大声地说了一句："傻帽！"

心里刚刚减轻的惶恐突然又加重了，他有些悲凉地四处望望。那两个老板模样的人不知啥时候不在了，那辆车也不见了。

他再也没有勇气待下去，心里又一次责怪自己性格的怯懦，一边责怪一边顺着满是尘土的大街往前走。

妻子担忧的目光又浮现在眼前，他想："又该去哪儿找活干呢？"

寻 宝

狗财正驾着大牯牛犁他那几亩肥田,一犁沟快到头的时候,发现犁沟底有个黑乎乎的东西,像是一个陶瓷罐子,敞着口,里面装满了白白的东西。

以狗财的见识,那一定是一罐雪花银。

只是那银罐子就那么闪了一下,又被翻起的泥土淹没了。

狗财心里一阵狂喜,把手一松,就去刨那犁沟下的银罐子。大牯牛失去了控制,往前一蹿,掉下田边的悬崖,摔死了。

狗财顾不上大牯牛,扑到犁沟里拼命地刨起来。可是,那个银罐子如同从来没有出现过一样,怎么也刨不出来。

狗财一边抑制住心里的欢喜,一边喘着气跑回家。女人问:"都犁完田了?"狗财不回答,拽着女人就往田里赶。

狗财带着女人在田里翻了好几天,一直翻到田里长了草,就是没有看到银罐子的样子。

又翻到了秋天,翻到别人都收完了满地的粮食,还是连银罐子的影子都没有见着。

最初,人们看到狗财两口子在田里翻土,都问:"狗财,挖地呢?"

狗财"唔唔"地答应。

人们到底知道了狗财两口子不是挖地,而是寻宝,于是问:"狗财,寻宝呢?"

开始,狗财支吾着说:"唔,挖地呢。"后来,也懒得支吾

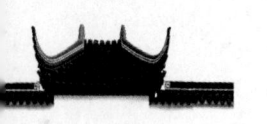

了，只是"唔唔"地应着。

有一天，狗财和他女人都不见了。

有人说，狗财寻到宝，带着女人过安逸日子去了。

马上就有人反对。狗财并没寻到宝，又绝了庄稼，日子过不下去，带着女人讨口去了。这人说得有板有眼，说在某处还看到狗财两口子，穿得破破烂烂的，专寻街边的垃圾桶，刨里面的剩饭渣子。

还有人说，狗财其实有宝，比银罐子都好的宝，但他不识，被自己丢了。

隔着玻璃

申天明路过富奥酒楼，无意间透过玻璃往里看，角落里的雅座边露着一位女士的背影，这个背影让申天明觉得是那样的熟悉。虽然被椅子靠背遮住了大半部分，但一头披肩酒红长发，给申天明留下了深刻的印象。

申天明再往里细看，靠里的那位却看不明白，因为屏风的遮挡，角落里的光线很暗，只隐隐约约觉得是一位男士。申天明想要再看清楚些，却怎么也看不清楚。

要不要进去看看呢？申天明心里犹疑着。思量再三，他觉得还是要进去看一下，虽然只隔着一层玻璃，若不近前细看，有些事情是很难看透的。

申天明慢慢地走进店里，向那个角落靠了过去。他尽量装作不经意的样子，以掩饰自己内心的矛盾和焦灼，这样也就脚步慢了许多，自己有足够的时间设想下一步行动。

当靠近那个角落的时候，屏风遮住的一切在申天明面前暴露无遗。那位疑似男士真的是一位男士，不过申天明并不认识，就连这位女士，申天明也毫不相识。

正吃喝着的这对男女显然被申天明不怀好意的靠近惊扰到了。他们停止了吃喝，吃惊地看着申天明。

申天明不能再往前靠近了。他停住脚步，做出尴尬的样子，嘴里喏喏着往后退。

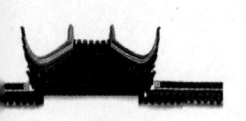

两人被申天明不负责任的惊扰激怒了,那位男士看着申天明骂了一句:"神经病!"男士确信申天明听到了他的骂声。可是申天明毫无反应,转过身长长地舒了口气,快步逃到了店外。

　　申天明再次透过玻璃往里望,这次竟然将那个雅座看清楚了,只是那个披肩酒红长发的女士,却怎么也联系不到刚跟他分手的女友秀红身上。

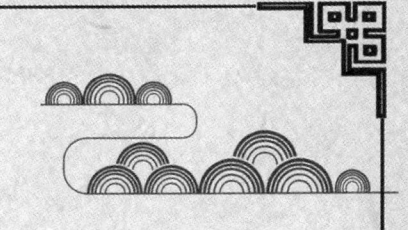

第六辑 域外风

爱在一瞬间

巨响过后,绝望很快来临,有人惊慌失措地跑来跑去,有人声嘶力竭地大喊大叫,混合着烟雾、火光,整个现场一片忙乱。

不,也有安静,难得的安静一隅。靠里的一个角落里,阿尔莫尼和诺雅正拥在一起,他们来自砂拉越,要回到老家古晋去。他们也是在经历了短暂的惊慌和绝望之后,拥在了一起的。

诺雅努力消除着眼里最后的惊悸和绝望,阿尔莫尼也是。当他们紧紧地拥在一起的时候,所有的惊悸和绝望竟然都没有了,眼里是出奇的平静。

"亲爱的,原谅我没有好好爱你,可惜再也不能爱你了!"

"亲爱的,别怕,有我呢!原谅我以前没有好好珍惜你,我以后会的,我们会好好的!"

他们想说这样的话,也看出对方想说同样的话,不过,他们来不及说出这些话了,几分钟过后,他们开始下落。

阿尔莫尼和诺雅努力保持着拥抱的姿势,他们明白,他们能够紧紧相拥,也就只有一瞬间的时间了。

他们觉得这一瞬间又像是很长,长到超过了以往他们争吵不休的三十多年的时间。

他们静静地享受着这样相拥的时刻,仿佛忘记了很多,包括忘记了弄明白他们此刻究竟是爱是恨,包括忘记了过去的很

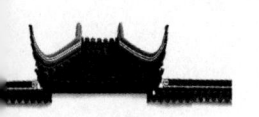

多次谩骂和相争。

　　在古晋的机场出口，艾丽正苦苦地等候着，此前发生了什么，她不知道，今后会发生什么，她也不知道，她只记得阿尔莫尼此前告诉过她，他今天就带妻子诺雅回来离婚，然后跟她结婚。

井　事

　　吉塔拎着水桶，长长的取水队伍缓缓地向前移动着。

　　不断有人挤到了吉塔的前面。吉塔的心暗了下来，知道今天又取不到水了。

　　果然，当最后只剩下发放井水的村主任和吉塔两人时，村主任对着吉塔做了一个无奈的手势："看，没水了！"又补一句，"谁让你是达利特呢？"

　　吉塔哭泣着回到家，泰尼心疼地搂住妻子，忍着焦渴的嗓子说："我们得有一口自己的井了！"

　　"自己的井？"吉塔惊讶地问。连续四十来天的干旱，村里已有两口井枯了，剩下的这一口也即将断水，吠舍和首陀罗们都不够用，像他们这样的达利特更不可能用到了。

　　"吉塔，我一定要打出一口我们自己的井，为了你，等着吧！"泰尼的眼睛在黑夜里闪着坚定的光。

　　第二天，泰尼拿着打井的工具出发了。

　　泰尼要自己打井的消息很快在村子里传开了。

　　"那个贱民达利特要自己打一口井，我们吠舍都不能够做到的事，他居然想做出来！"

　　"天旱了这么久，他打出的井能有水吗？"

　　吉塔也不相信泰尼能打出井来，她知道他们说的不无道理。但泰尼也是为了她，要是没有井，他们还能支撑多久，她不知道。

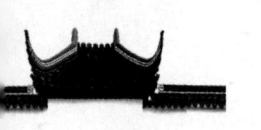

吉塔不再去村里排队取水了，她白天走遍村子，割取树汁，收集角落里残留的水，晚上送到泰尼打井的地方，湿润泰尼干裂的嘴唇和手臂。

四十多天以后，村里的最后一口井也榨不出一滴水了，泰尼请村民去他新打的井里取水。他一边拿着水瓢骄傲地替村民们分发井水，一边向取水的人群里望着。

在取水的人群里，吉塔带着满脸的喜悦站在人们后面，举着水桶向泰尼直晃。

举起手来

戴维斯警长正在办公室里玩着心爱的格洛克手枪，突然接到警情报告。

"嫌犯正驾车驶往曼德勒大街！"

"车上嫌犯人数不详！"

"嫌犯可能携带武器！"

戴维斯警长简单高效地做了警情研判和安排部署，随即带着警员们追了过去。

二十分钟后，戴维斯警长和警员们在曼德勒大街截住了目标车辆。

戴维斯警长和警员们团团围住嫌犯车辆，拔枪，上膛，瞄准，躬身蹲步做射击状。

一位警员拿着铁皮话筒大喊："下车，举起手来！"

戴维斯警长冷视着车辆。他相信车内嫌犯若有异动，自己和这些训练有素的联邦警员绝对有把握快速打爆嫌犯的脑袋。

车内先是一片死寂，然后——大约一分钟吧——车门打开了。一男一女从车上忙乱地下来，脸上说不清是惊慌还是沮丧，举着双手，面向戴维斯警长和他的警员们站着。

车门晃了一下又弹了回去，把车内外的世界隔了开来。

戴维斯警长大喝一声："下车，举起手来，不然打爆你的头！"

掩着的门果然动了一下，往外开了一点，就看到一只脚从

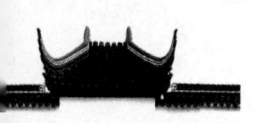

车门下方露了出来。那只脚很小心地踩到了地面，接着，另一只脚也露了出来，更加小心地踩到了地面。

车门又动了一下，被后面的人推开了一些。戴维斯警长松了一口气，收回那把格洛克，抬起枪口亲吻了一下。

最后一名嫌犯终于全身暴露了出来。

那是一个大约三岁的小男孩。他面向戴维斯警长站好，脸上满是惊恐，高高地举着自己小小的双手。

戴维斯警长笑了，周围的人们也笑了。

"呼！"一声枪响。戴维斯警长判定，枪手大约在两百米外的另一条街上。

后 记

我写小说是个意外。以前我喜欢写作，但都是随心所欲，不讲章法，纯粹是自娱自乐。所写的体裁，多是古体诗，也不依格律规则，怎么高兴怎么写。有时写点随笔，现代诗也写一些，大体是这种状态——不依规矩，不讲章法，乱写一气。但这仅是爱好而已，都只是聊以消遣，打发一下时间，一般写了也就放在QQ空间里，从未想过要成为写作人或进入写作圈子里。虽然如此，但因为常年没有停止写，偶尔写一篇，还是觉得比较耐看，故而也聚了一些人气，认识了写作路上的两个人。

2015年5月，我到安岳一个建筑工地打工，一天在休息的时候，进入一个QQ群。在群里突然有个名字引起我的注意——蒋东旭。因为都姓蒋，就搭讪了几句，没想到他正好在线，彼此就聊上了。

原来他是一位作家，是安岳作协主办的期刊《普州文学》的编辑。在聊天中，他对我大加赞赏，认为我的文笔很好。他要去了我的两篇文章，一篇发在了《普州文学》2015年第2期上，另一篇推荐到《内江日报》并发表了。作为一位作者，作品能正式发表自然是莫大的喜悦。我虽然写了不少，但以前从未发表过，自然也未能体会发表的喜悦感。没想到这种喜悦感让东旭给了我。从此，我从纯粹的自娱自乐走上了发表之路。

东旭说群里有一位叫王平中的老师，是安岳人，让我去找王平中老师。我在群里一看，真的有一位"安岳王平中"。我加

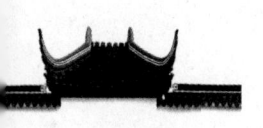

王老师为好友，没想到王老师立即同意加为好友，我们在QQ上简单交谈了几句。

几天后，我突然接到王老师的电话，问我有空没，有空可以在一起聊一聊。正好，那阵子我比较空闲。于是他很快跟我约好了时间，请我到了他的家里。那一次，王老师在他的客厅里，拿出他最好的茶叶，一边招待我喝茶，一边跟我侃侃而谈。王老师谈了他不寻常的写作经历，谈了一些写作圈的人和事，也谈了自己在写作上的一些运筹谋划。

王老师正在筹划成立中国闪小说学会四川分会（后为闪小说专门委员会），已经做了大量的工作，分会成立在即。他鼓励我学习创作闪小说，以闪小说打开自己的文学创作之门。他给我详细讲解了闪小说创作的要点，以及一些有名的作者及作品。我被他的讲解深深地吸引住了，不觉已到了深夜。最初的惶恐不安早已烟消云散，只有如醉如痴和热血沸腾。

王老师送给我很多书，邀我参与分会的建设。我欣然答应，虽然我还没写出一篇作品，但王老师给了我无比的信心。我相信自己一定会在王老师的指导下不断成长。

从此，我就开始了以闪小说创作为主的小说体裁的创作之路。虽然生性懒惰，偶有懈怠，但一直没有间断。因为自己特殊的经历，对生活的独特感受，写出的东西还比较受欢迎，这也极大地提高了我的兴趣，在创作的道路上快速成长起来。

时至今日，已经整整六年了，为了对创作做一总结，为了今后能有更大的提高，在师友的鼓励下，出版了这本集子。

集子收录了我这六年来创作的绝大部分微小说作品，因为精品实在太少，质量不高，心甚忐忑，欢迎师友们批评。

蒋玉良

2021年12月